AF236386

Wolf Eismann

# Baumstämme im Schnee

Roman

Die Deutsche Nationalbibliothek verzeichnet diese
Publikation in der Deutschen Nationalbibliografie;
detaillierte bibliografische Daten sind im Internet über
http://dnb.dnb.de abrufbar.

© 2022 Wolf Eismann

Covergestaltung: Wolf Eismann

Foto: Torsten Richter

Herstellung und Verlag: BoD – Books on Demand,
Norderstedt

ISBN: 978-3-7557-6677-3

*Nichts von dem, was in diesem Roman geschildert wird, ist tatsächlich so passiert. Aber es hätte durchaus so passieren können.*

*„Wir sind wie Baumstämme im Schnee. Scheinbar liegen sie glatt auf, und mit einem kleinen Anstoß sollte man sie weg-schieben können. Nein, das kann man nicht, denn sie sind fest mit dem Boden verbunden. Aber siehe, sogar das ist nur scheinbar."*

Franz Kafka

# 1

„Darf man stören?"

Während ich in der Galerie an meinem Schreibtisch sitze und über die Grenzen meiner Originalität spekuliere, steht plötzlich Torben Leander in der Eingangstür.

„Ich denke gerade über das Thema unserer diesjährigen Gruppenausstellung nach", entgegne ich ihm.

Torben ist einer meiner kreativen Schützlinge. Mitte dreißig. In seiner künstlerischen Arbeit stets bemüht kontrovers, immer mit einem leichten Hang zur Verzweiflung.

„Deshalb bin ich hier", erklärt er mit jovialem Unterton. „Ich habe eine großartige Idee für eine neue Arbeit."

Mit einer Mischung aus Unmut und Neugier drehe ich mich zu ihm um.

„Mit Helium gefüllte geometrische Figuren. Kegel, Quader ...", fährt er aufgeregt fort. „Wie Ballons. Aus

Polyester oder so. Und sie stecken in Käfigen, die von der Decke herabhängen."

„Wie gesagt: Ich denke gerade darüber nach ..."

„Wie wäre es denn mit *Luftgeister*?"

Seit vier Jahren leite ich in einer Kleinstadt nördlich von Hamburg mit meiner langjährigen Freundin Hannah ein Kulturhaus. *Kulturwerk*, wie wir es nennen. Um die Veranstaltungen – Comedy, Kabarett, musikalische Abende und kleinere Theaterproduktionen – kümmern wir uns gemeinsam. Für die integrierte Galerie mit zeitgenössischer Kunst bin ich allein verantwortlich. Hier widme ich mich mehr oder weniger jungen, bislang vom Kunstmarkt wenig beachteten Künstlern, die ich in regelmäßigem Wechsel in Einzelausstellungen präsentiere. Hannah macht sich nichts aus Kunst, freut sich aber über die immer wieder neuen Bilder an den sonst nackten Wänden unseres Hauses. Für sie nicht mehr als Dekoration, für mich eine Herzensangelegenheit.

Unser *Kulturwerk* liegt wie eine Insel zwischen Kneipen, Supermärkten und Spielotheken. Ein restaurierter Altbau, 200 Quadratmeter mit hohen Decken, Parkettfußboden und einer breiten Fensterfront. Der große Raum im Zentrum des Gebäudes ist gleichzeitig unser Veranstaltungssaal mit improvisierter Bühne und Platz für 50 Zuschauer. Ein paar kultur– und kunstinteressierte Menschen gibt es überall. Selbst in der Provinz. Immer neugierig, manchmal dankbar, strömen sie regelmäßig auch aus den benachbarten Orten herbei, um sich von uns überraschen zu lassen.

Zum Ende eines jeden Jahres organisiere ich in der Galerie eine Gruppenausstellung, an der sich alle

Künstler beteiligen können, die schon mal hier ausgestellt haben. Einzige Bedingung: Sie müssen sich an das Thema halten, das ich vorgebe.

In den vergangenen Jahren habe ich mit originellen Themen aufwarten können: *Misstraue der Idylle, Das Wandern der Schatten, Spukhafte Fernwirkung, Kontrolliertes Delirium.* Und in diesem Jahr? Es ist nicht einfach, sich immer wieder selbst zu übertreffen. Und wenn ich den Weihnachtstagen mit einem mulmigen Gefühl entgegensehe, dann genau deshalb: Ich will nicht vor mir selbst kapitulieren müssen und womöglich bei einem Motto landen wie *Begegnungen.* Auch so etwas wie *Fundstücke* kommt überhaupt nicht in Frage.

„Warum muss das immer so verkrampft originell sein bei dir?", fragt Torben und sieht mich etwas konsterniert an.

„Wie meinst du das?"

„Na ja, warum machst du nicht einfach mal eine dieser normalen Weihnachtsausstellungen? Machen in den Metropolen doch viele Galerien zum Jahresende. Kleine, feine Arbeiten, etwas gefälliger als üblich. Und vor allem preisgünstiger. Zum Mitnehmen. Die Leute sind jetzt alle auf der Suche nach Geschenken."

„Etwas gefälliger?" frage ich ihn. „Das sagst ausgerechnet *du*?"

„Man will ja auch mal was verkaufen", murmelt er.

Ich muss an Lisa denken, auch eine Künstlerin der Galerie. Sie hat sich auf Skulpturen aus Keramik spezialisiert. Menschliche Körperteile, leicht surreal verfremdet: Ineinander verschlungene Hände, ausgebreitete Arme, ausgehöhlte Füße. Skurrile Objekte, die ihr schon einige Kunstpreise eingebracht haben. Viel Anerkennung, aber kein Geld. Vor einiger Zeit hat sie deshalb begonnen, kleinere Keramikobjekte in Serie herzustellen. Zeigefinger, in Schachteln verpackt. Dutzende von Zeigefingern in Dutzenden von kleinen Schachteln. Im Vergleich sehr preisgünstig. Und immer noch Kunst.

„Das will ich nicht", sage ich zu Torben.

„Was willst du nicht? Du willst nichts verkaufen?"

„Natürlich will ich verkaufen. Aber ich will nicht das, was *alle* machen."

„Ich habe mich schon oft gefragt, wie ihr das hier finanziell überhaupt stemmt."

„Hannah hat ihre Werbeagentur verkauft, und ich habe geerbt."

„Tja, man muss es sich eben leisten können, den Mainstream zu ignorieren", kommentiert Torben.

„Ach was! Wir haben schon während des Studiums zusammen für eine Studentenzeitung gearbeitet. In Berlin haben wir die ersten Stars der deutschen Comedy-Szene interviewt, aber auch Hausbesetzer und Schwulen-Aktivisten. Das war eine tolle Zeit, damals. Es ist, als hätten wir uns schon immer gekannt."

„Vielleicht ist das euer Problem", entgegnet Torben.

„Und deine in Käfigen eingesperrten Luftballons erinnern mich an Jahrmarkt", kontere ich trotzig. „Bestenfalls an Disneyland."

Torben winkt beleidigt ab, dreht mir den Rücken zu und verlässt die Galerie ohne ein weiteres Wort.

Am Abend erwartet mich Simon zu einem opulenten Drei-Gänge-Menü. Wir feiern unser verflixtes 7. Jahr, und da Simon wahnsinnig gern die gemeinsame Küche für die Herstellung ausgefallener kulinarischer Kreationen nutzt, die in der Regel mit einem Experiment beginnen und in einer Katastrophe enden, ist er stets beglückt, wenn sich dazu eine passende Gelegenheit bietet. Er backt und brutzelt eben gern.

Als ich mich vor vier Jahren entschlossen hatte, an diesem Ort gemeinsam mit Hannah ein Kulturhaus zu etablieren, ist mir Simon eher widerwillig aus der Großstadt in die Provinz gefolgt. Aber wir haben hier ein hübsches Häuschen gefunden, in dem sich Simon sogar ein Atelier einrichten konnte. Seit ich die Galerie besitze, hat er wieder angefangen zu malen. Er verfügt durchaus über Talent, wovon ich ihn mühsam überzeugen musste. Und ich habe ihm versprochen, im Lauf des kommenden Jahres eine Ausstellung mit seinen Arbeiten zu organisieren.

„Als Vorspeise gibt es kleine Tannenbäume", kündigt er freudestrahlend an, während ich mich an den von ihm wie gewohnt liebevoll gedeckten Tisch setze.

„Mit echten Kerzen?", frage ich.

Simon lacht. „Ich will dich schon mal ein bisschen in Weihnachtsstimmung bringen."

„Etwas früh, findest du nicht? – Aber die Dinger sehen wirklich aus wie kleine Tannenbäume", staune ich, als Simon die Teller hereinbringt.

„Das ist Tomate mit Avocado und Granatapfelkernen. Alles kleingeschnitten, mit Olivenöl und Senf vermengt und zu kleinen Kegeln geformt."

„Mit Tannenzweigen obendrauf?!"

„Das ist Dill."

Simon setzt sich zu mir, und wir stoßen mit einem Glas Prosecco an.

„Was macht die Galerie?", fragt er, während er seinen Tannenbaum plündert.

„Torben war heute kurz da."

„Hat er wieder genervt?"

„Nein", sage ich. „Es war in Ordnung. Ich quäle mich eher mit dem Thema für die Gruppenausstellung."

„Wie jedes Jahr. Immer wenn wir unseren Jahrestag feiern, ringst du andernorts um Originalität."

„Falsch!", sage ich. „Ich ringe *immer* um Originalität."

„Stimmt."

„Einer meiner Schwächen."

Ein paar Tage später glaube ich, endlich eine Idee für die Gruppenausstellung gefunden zu haben. Simon hat mir zum Jahrestag eine neue Einspielung von Schuberts *Winterreise* geschenkt. Wenn *das* nicht passt, dachte ich. *Winterreise!* Die Tage sind kurz, die Bäume kahl, es ist trüb und kalt, manch einer versinkt da in Melancholie. Genau wie der Mann in Schuberts Liederzyklus. Die Geliebte hat ihn verschmäht, nun gibt es nichts mehr, was ihn halten könnte. Nachts bricht er auf, entflieht der Stadt, will alles hinter sich lassen. Es fällt ihm nicht leicht: Immer wieder blickt er zurück und schwelgt in Erinnerungen an glücklichere Tage. Die winterliche Landschaft wird ihm zum Spiegelbild.

*Winterreise.* Das klingt im ersten Moment nicht so originell wie *Das Wandern der Schatten*, aber die Assoziationen zur Seelenmusik Schuberts sollten eine spannende künstlerische Auseinandersetzung ermöglichen.

Fantasie einzufordern ist immer ein Wagnis. Doch mit der festen Absicht, meine Künstlerinnen und Künstler auf inspirierende Spaziergänge durch die Landstriche ihrer Emotionen zu schicken, fahre ich am

Nachmittag in die Galerie und verschicke die Einladungen per Mail.

Während ich noch am PC sitze, kommt Hannah herein und überrascht mich mit einer ziemlich griesgrämigen Miene.

„Unsere Weihnachtscomedy macht mir Sorgen", seufzt sie.

„Wieso?"

„Wir haben bislang kaum Karten verkauft."

„Es sind noch fast acht Wochen bis Weihnachten. Die Leute haben einfach noch andere Dinge im Kopf."

„Trotz Dominosteinen und Spekulatius im Supermarkt?"

„Will doch auch noch keiner haben."

„Ach, ich glaube, das Programm von Kai Komeda ist einfach viel zu anarchistisch", überlegt Hannah. „Zu Weihnachten wollen die Leute mehr etwas Besinnliches."

„Blödsinn. In Hamburg ist er immer ausverkauft."

„In der Großstadt vielleicht. Aber hier ticken die einfach anders."

„Gib ihnen noch eine Chance", bitte ich.

„Was macht denn deine Gruppenausstellung?", fragt Hannah.

„Die Einladungen sind raus. *Winterreise* ist dieses Jahr das Thema."

„Sehr originell."

Wie erwähnt: Für Kunst interessiert sich Hannah nicht die Bohne.


Drei Wochen später stehe ich tief enttäuscht in Torben Leanders Atelier. Fast alle Künstler, die ich eingeladen hatte, sich an der Gruppenausstellung zu beteiligen, haben mir inzwischen per Mail ihre Vorschläge geschickt.

„Winterlandschaften. Nichts als Winterlandschaften! Dreißig schöpferische Geister, und den meisten fällt zu dem Thema nichts Besseres ein?"

Torben betrachtet mich mit kühler Gleichgültigkeit.

„Und was mich besonders enttäuscht, lieber Torben: dass auch *du* mir mit so einer blöden Winterlandschaft kommst."

„Ich beziehe mich auf Kafka", rechtfertigt er sich.

„Kafka?"

*„Baumstämme im Schnee"*, erklärt er. „Kennst du das nicht?" Dann greift er nach einem Buch aus dem Regal, schlägt zielsicher eine Seite auf und rezitiert: „Wir sind wie Baumstämme im Schnee. Scheinbar liegen sie glatt auf, und mit einem kleinen Anstoß sollte man sie weg-schieben können. Nein, das kann man nicht, denn sie sind fest mit dem Boden verbunden. Aber siehe, sogar das ist nur scheinbar."

„Und wieso 50 x 50?", entgegne ich irritiert. „Du malst doch sonst zehnmal so groß."

„Die meisten Leute haben doch gar nicht den Platz in ihrem Wohnzimmer."

Ist das noch Torben Leander, der da zu mir spricht? Ich bin fassungslos.

„Außerdem erhöht mein Hauswirt ab Januar die Miete. Und meine Waschmaschine hat letzte Woche den Geist aufgegeben." Er zeigt mit gespielter Resigna-tion ein Schulterzucken und fügt hinzu: „Meine Freun-din hat auch gefragt, ob wir nicht mal wieder ein paar Tage wegfahren können. Urlaub und so ..."

„Du brauchst Geld? Ist es das, was du mir sagen willst?", frage ich. „Deshalb müssen es jetzt Baumstämme im Schnee sein? Auf 50 x 50 geschrumpft? Du meinst, das verkauft sich besser? Wer will denn das ganze Jahr eine Winterlandschaft über dem Sofa hängen haben?"

„Von wem kam denn die Idee?", fragt er. „Du hast doch diese einfallslose Vorgabe gemacht!"

„Einfallslos?"

„Winterreise ...!"

„Schubert."

„Schubert? Welcher Schubert?"

„Weißt du was, Torben? Ich werde diese Ausstellung einfach absagen. Die Gruppenausstellung ist in diesem Jahr gestrichen. Aus Mangel an Originalität. Die Fantasie meiner Künstler ist an ihre Grenzen gestoßen. Ist einer Schneekatastrophe zum Opfer gefallen. Alles eingeschneit. Kein Durchkommen mehr."

Ich drehe mich zum Fenster und blicke in den kargen Hinterhof, der von einem warmen Regen gesprenkelt ist. Von Winter keine Spur. Gab es zu Weihnachten in unseren Breitengraden überhaupt jemals Schnee? Kennen wir das nicht sowieso nur aus alten Hollywood-Filmen?

Als ich mich einen Moment später wieder Torben zuwende, sehe ich in ein störrisches Gesicht.

„Typisch Kurator", sagt er dann. „Immer muss es ein *Thema* sein, dem wir uns unterordnen sollen. Wo bleibt da die Freiheit der Kunst? Warum haben Kuratoren überhaupt so viel Macht?"

„Macht ...?"

„Ja, ihr bestimmt, was wo von wem gezeigt wird. Ohne Erklärung. Keine Diskussionen. Das ist undemokratisch und autoritär."

„Ich weiß nicht, ob uns Demokratie in der Kunst weiterhilft", fällt mir nur ein.

„Wir machen die Arbeit, *berühmt* werden nur noch die Kuratoren."

„Also, ich bin bislang nicht berühmt", seufze ich.

„Jedenfalls sind wir nicht dazu da, eure verstiegenen Fantasien zu illustrieren."

Ich werde nachdenklich. Lisa fällt mir wieder ein. Warum eigentlich keine Finger in kleinen Schachteln? Und was spricht gegen eine Winterlandschaft? Der Kunstliebhaber kann sie bei Bedarf durch eine Frühlings-, Sommer- oder Herbstlandschaft ersetzen. Wo ich sonst ein Bild verkaufe, könnten es auf diese Weise vier sein. Auch der Wunsch nach einer funktionierenden Waschmaschine ist letztlich berechtigt. Und dann kommen mir auch die vierzig Prozent Provision in den Sinn, die ich bei dem Verkauf eines Kunstwerkes einstreichen kann. Es sind doch vierzig? Wie lange habe ich in dieser Galerie schon kein Bild mehr verkauft! Alles zu düster, wie ich häufig von den Kunden zu hören bekomme. Zu melancholisch, zu pessimistisch. Nichts Schönes.

„Okay, wir machen die Ausstellung."

Am Nachmittag bin ich mit Hannah im Stadtcafé verabredet. Beim obligatorischen Latte macchiato und einem Stück unseres Lieblingskuchens wollen wir über das anstehende Mozart-Projekt sprechen. Geplant ist ein kleiner Theaterabend, der von einem eher unbekannten Opernfragment des österreichischen Komponisten erzählt. Die Idee hat uns ein befreundeter Musikwissenschaftler geliefert.

„Ich habe mit der verantwortlichen Dame in der Hamburger Oper gesprochen", sagt Hannah. „Wir bekommen aus dem Fundus je zwei Kostüme für Mozart, Constanze und Da Ponte."

„Und Perücken?", frage ich.

„Auch Perücken. Kostenlos übrigens."

„Na, wunderbar!" Ich bin erleichtert. Die Beschaffung von Perücken und Kostümen aus der Zeit des Rokoko schien unsere größte Hürde. Dass wir diese nun offensichtlich genommen haben, bedeutet allerdings nur, dass wir uns der nächsten stellen müssen: Es gibt noch keinen Mozart.

„Schade, dass du dich mit Ulli überworfen hast", sage ich. „Er wäre die perfekte Besetzung gewesen."

„Fang nicht wieder damit an!", reagiert Hannah gereizt.

Ulli ist ihr Ex-Freund, von dem sie sich getrennt hatte, kurz bevor wir das *Kulturwerk* gegründet haben. Ein guter Schauspieler, aber leider kein tauglicher Lebensgefährte, wie mir Hannah immer wieder versichert hat. Bis heute leidet sie unter der Trennung, doch das würde sie natürlich niemals zugeben. Dabei hat sie es Ulli während ihrer gemeinsamen Zeit nicht gerade leicht gemacht. Immer wieder hat sie ihn mit dem Mann verglichen, mit dem sie vor Ulli liiert war. Keine Eigenschaft, die bei dem Vorgänger nicht vermeintlich besser trainiert war. Er war intelligenter, einfühlsamer, rücksichtsvoller, attraktiver und sogar potenter. Ich glaube, Ulli hatte nicht den Hauch einer Chance, es Hannah recht zu machen. Irgendwann hat er dann seinen viel gepriesenen Vorgänger zufällig kennengelernt. Eine günstige Gelegenheit, dachte er wohl, herauszufinden, was so toll an diesem Mann war, dem er angeblich nicht das Wasser reichen konnte. Schließlich hat er sich in diesen Kerl verliebt, und beide sind inzwischen wohl recht glücklich miteinander. Hannah hat das nie verkraftet.

„Mit Ulli wäre das so oder so nicht gutgegangen", wirft sie ein. „Camilla hätte mit ihm garantiert Probleme gehabt. *Jede* Frau hat mit ihm Probleme."

„Ich denke, dass es mit Camilla auch ohne Ulli nicht einfach werden wird", gebe ich zu bedenken. „Sie ist zwar eine sehr reizende, aber eben auch noch recht unerfahrene junge Schauspielerin."

„Constanze war, als sie Mozart kennenlernte, auch jung und unerfahren", belehrt mich Hannah.

„Sechs Jahre Altersunterschied. So viel ist das nicht."

„Nicht das Alter zählt, sondern die Lebenserfahrung."

„Wir werden sicher den richtigen Mozart für unsere Constanze finden", beruhige ich mehr mich selbst als Hannah und stoße die Gabel in meinen Schneewittchen-Kuchen.

Eine Woche vor der Vernissage stehe ich in der Galerie inmitten all der winterlichen Schöpfungen meiner Künstler. Im Zentrum des Raumes ein gigantischer Berg aus Luftpolsterfolie. Auf dem Boden entlang der Wände die Bilder, noch willkürlich nebeneinander aufgereiht. Meistens Öl, manchmal Acryl oder Mischtechnik auf Leinwand. Viel Weiß. Sehr viel Weiß!

Hannah stürzt aufgeregt herein.

„Ich habe Mozart ...!"

Erschrocken drehe ich mich zu ihr um. „Und du suchst ein passendes Medikament?"

„Ich habe einen Schauspieler gefunden, der den Mozart übernehmen könnte", korrigiert sich Hannah atemlos.

„Wunderbar", lobe ich sie irritiert. „Aber lass uns bitte später drüber reden."

Hannah blickt skeptisch auf die Kunstwerke, die sie erst jetzt richtig wahrnimmt. „Das sind ja alles Winterlandschaften", sagt sie dann mit einem grummelnden Unterton.

„Ja."

„Etwas einfallslos, findest du nicht? Na ja, bei *dem* Thema. Was soll einem da auch einfallen?"

„Kümmere dich um die Weihnachtscomedy und lass mich hier in Ruhe arbeiten", entgegne ich entnervt.

„Und *das* ist von Torben Leander?", bohrt Hannah ungnädig, als sie auf einem der Bilder dessen Signatur entdeckt.

„*Baumstämme im Schnee*", sage ich.

„Ja, das sehe ich wohl."

„Kafka."

„Ich denke Torben?"

„Torben bezieht sich auf Kafka", erkläre ich.

„Trotzdem", höre ich Hannah enttäuscht kommentieren. „Alles nur Winterlandschaften. Ein wenig öde, finde ich."

Ich bin total frustriert und möchte mich am liebsten in dem Berg von Luftpolsterfolien vergraben.

Trotz aller Bedenken: Die Ausstellung wird ein Erfolg. Auf der Vernissage erblicke ich Menschen, die ich noch nie in der Galerie gesehen habe. Während sie die Bilder betrachten, entdecke ich weder die blasierten Blicke pseudo-intellektueller Großtuerei noch Ratlosigkeit, nicht mal Skepsis, sondern Einverständnis, Erkenntnis und Freude. Und wenn ich mit ihnen ins Gespräch komme, erzählen sie von ihren Partnern, ihren Kindern, Brüdern, Schwestern, von Onkeln und Tanten, Neffen und Nichten - all den Verwandten, die sie länger nicht gesehen haben, wie sie beteuern, und denen sie mal wieder eine Freude machen wollen. Jetzt, zu Weihnachten. Und warum nicht mit einer Winterlandschaft?

Bereits nach wenigen Tagen habe ich mehr als die Hälfte der Werke verkauft. Auch die *Baumstämme im Schnee*. Ich habe kapituliert. Aber mit Gewinn.

# 2

„Du willst eine Lesung veranstalten?" Hannah blickt mich ungläubig an.

„Ja, warum denn nicht?", frage ich. Die Mittagspause ist gerade vorbei, und wir sitzen uns in unserem gemeinsamen Büro gegenüber.

„Lesungen sind doch todlangweilig. Welcher Autor ist denn in der Lage, seine eigenen Texte einigermaßen spannend vorzutragen? In der Regel kauern sie eingeklemmt zwischen Stuhl und Tischchen im kümmerlichen Schein ihrer Leselampe und murmeln völlig regungslos vor sich hin."

„Aber wir haben doch auch schon Eva und Hans-Peter Schlömer zu Gast gehabt", werfe ich ein. „Das war ein Riesenerfolg."

„Ja, allerdings sind das Schauspieler, und sie haben Texte von Loriot und Heino Jäger gelesen. Das ist etwas völlig anderes."

„Aber Richard Stunk ist ein ziemlich bekannter Schriftsteller", rechtfertige ich mich. „Für viele ist er

Kult! Das Buch über seine Pubertätsjahre in der norddeutschen Provinz ist sogar verfilmt worden!"

So sitzen wir da an unseren Schreibtischen und werden uns nicht so richtig einig. Hannah hat ja recht. Lesungen buchen wir eigentlich nicht. Wir haben uns eben auf Kabarett fokussiert, auf kammermusikalische Abende und kleine Theaterproduktionen. Das *Kulturwerk* hat sich mit diesem Konzept hier in der Provinz bestens bewährt. Letzten Monat durften unsere Zuschauer bestaunen, wie sich zwei junge Cellisten ein musikalisches Duell geliefert haben. Den Monat davor hatte ein Kabarettist am Beispiel einer Supermarktbroschüre mit Sonderangeboten darüber referiert, dass wir für Klopapier mehr Geld ausgeben als für Lebensmittel. Und gerade bereiten wir diesen Abend über Mozart vor, der noch im Frühjahr Premiere haben soll. So etwas funktioniert. Wir haben nur 50 Plätze in unserem Etablissement. Aber auch die müssen erstmal gefüllt werden.

Das Schöne: Wir sind mit den meisten Künstlern, die bei uns auftreten, freundschaftlich verbunden. Schon mit dem ersten Gastspiel springt in der Regel ein Funke über, der unseren Veranstaltungsraum zum Leuchten bringt. Und das geht auch an den Zuschauern nicht spurlos vorüber.

Was Richard Stunk betrifft: Ich würde ihn einfach gern kennenlernen. Seine Pubertätsmemoiren fand ich ziemlich lustig, und gerade hat er einen neuen Roman veröffentlicht, mit dem er in Norddeutschland auf Lesereise ist. Kurzum: Ich starte eine freundliche Anfrage in Richtung Manager des Literaten. Mal sehen, was geschieht ...

Das Jahr geht langsam zu Ende, und wir haben die Gruppenausstellung gestern abgebaut. Immer noch beschäftigt mich der unerwartete Erfolg mit den Winterlandschaften. Bilder, die ich ja anfangs am liebsten auf den Dachboden verbannt hätte. Gedankenverloren sitze ich in der Galerie, umgeben von kahlen, weißen Wänden. Die nächste Einzelausstellung - abstrakte Gemälde aus Asche, Bitumen und Eisenoxid - wird erst im Lauf des Januars gehängt. Die Trostlosigkeit der leeren Räume drückt auf meine Stimmung.

Plötzlich sehe ich Torben Leander am Fenster stehen. Er lächelt ein wenig angestrengt. Dann stößt er mit dem rechten Fuß die Tür auf. Mit seinen Armen umfasst er einen überdimensionierten Poller aus rosafarbenem Plastik. Er kann nur mit Mühe über das Monstrum hinwegblicken, und im nächsten Augenblick lässt er es erleichtert auf den Boden fallen.

„Was guckst du schon wieder so grimmig", fragt er. „Ist doch gut gelaufen!"

„Wo ist der Käfig?", entgegne ich. „Soll dein rosa Dingsbums einfach so im Raum umherkullern?"

„Du hättest lieber noch eine Winterlandschaft?", grinst er.

„Ich frage mich gerade, wie es weitergehen soll", gestehe ich. „Soll ich von jetzt an nur noch das Schöne suchen in der Kunst?"

„Warum nicht? Die Leute lieben das."

„Und mein ursprüngliches Konzept aufgeben ...? Wo mir doch das Düstere und Melancholische viel mehr liegt?"

Torben sieht mich mitleidig an.

„Eine Idee für die Gruppenausstellung im nächsten Jahr hätte ich schon."

„Sein oder nicht sein, das ist hier die Frage", sagt Torben und grinst wieder.

Am frühen Morgen war eine Neujahrskarte in der Post gewesen. Sie kam von Rosi, einer ehemals guten Freundin. Nachdem sie vor ein paar Jahren Hals über Kopf in die Schweiz gezogen war, hatte ich sie aus den Augen verloren. Auf der Karte ist eine einsam gelegene Berghütte zu sehen. Im Schnee natürlich, wie es in der Schweiz üblich ist. Während wir uns hier mit warmem Regen begnügen müssen. Und mit alten Hollywood-Filmen.

Ich sollte Rosi mal wieder anrufen, überlege ich. Vielleicht könnten Simon und ich sie im nächsten Jahr sogar besuchen und gemeinsam mit ihr - und möglicherweise ihren Freunden – die Feiertage zwischen Weihnachten und Silvester in aller Ruhe genießen – inmitten einer unberührten, schneebedeckten Landschaft. Die Galerie bliebe dann geschlossen, die Gruppenausstellung fiele aus, und ich würde ein Schild ins Fenster stellen: *Bin auf Winterreise.*

Dann reißt Torben mich aus meinen Gedanken.

„Wie gefällt dir denn mein rosa Poller?"

Mit wachsender Ungeduld warte ich auf eine Rückmeldung, was die Akte Richard Stunk betrifft. Hannah beschenkt mich zwischendurch immer mal wieder mit einem leicht spöttischen Grinsen. Noch ist nicht aller Tage Abend, denke ich und hoffe unbeirrt weiter. Ein Tango-Gastspiel und einen Patrick-Süskind-Monolog später kommt die ersehnte Mail. Der Manager ist interessiert, nennt eine nicht unerhebliche, aber durchaus angemessene Summe und stellt Bedingungen. Alles machbar, denke ich. Hannah wertet das Angebot als unverschämt und ist nach wie vor dagegen.

„Hast du das neue Buch überhaupt schon gelesen?", fragt sie mich.

Ich verneine.

„Aber ich", sagt Hannah triumphierend. „Zehn Seiten. Das hat mir genügt. Irgendwie dreht sich alles bloß um schlechte Verdauung und scheiternden Sex. Oder umgekehrt."

„Das kann doch durchaus erheiternd sein", werfe ich ein.

„Es ist öde und abstoßend."

„Sei nicht so spießig."

Wir müssen nicht einer Meinung sein, wenn es um die Gestaltung unseres Programms geht. Das hatten wir von Anfang an vereinbart. Im letzten Jahr beharrte Hannah auf das Gastspiel eines Comedians, der sich und sein Publikum mit den dümmsten Geschlechter-Klischees durch den Abend quält. Alltagscomedy nennt er das. 50 Plätze bekommt man damit immer gefüllt, keine Frage. Aber sollte unser Blick auf den Alltag nicht ein wenig differenzierter, vor allem aber intelligenter ausgerichtet sein? Wie auch immer: Richard Stunk kommt zu uns in die Provinz.

Das Werbeplakat für die Lesung, das ein paar Tage später in zehnfacher Ausfertigung per Post bei uns eintrifft, entlockt Hannah nur ein müdes Lächeln. „Das Ding sieht aus wie eine Reklame für verjüngende Gesichtscreme, findest du nicht?"

„Photoshop", entgegne ich. „Machen heute doch alle."

„Ich dachte, die Aknenarben wären so etwas wie sein Markenzeichen."

„Hannah ...!"

„Hast du den Vertrag eigentlich mal in Ruhe durchgelesen?"

„Natürlich", antworte ich spontan, werde aber etwas unsicher, weil ich mich frage, was Hannah darin wohl Heikles entdeckt haben mag.

„Die Cateringliste auch?"

Ich stutze. „Ein Salat, belegte Brötchen, Schokoriegel ... – Das Übliche eben."

„Ja, aber die Getränke ...!", entrüstet sich Hannah. „Eine Flasche Champagner, eine Flasche erstklassigen Bordeaux, zwei Flaschen Bier ... – Sammelt der Mann für die Eröffnung eines Spirituosengeschäfts?"

„Das sind doch nur Vorschläge", erwidere ich. „Er bekommt eine Flasche von unserem Rotwein."

„Dann wollen wir hoffen, dass er sie erst nach der Lesung leert."

Die Werbung läuft an, per Post erreicht uns ein Paket vom Verlag mit den Büchern von Richard Stunk, und der Vorverkauf der Eintrittskarten für die Lesung läuft bestens.

Ich nehme mir vor, das neue Buch unseres literarischen Gastes noch in den Tagen vor seiner Ankunft durchzulesen, um gewappnet zu sein. Doch auch ich scheitere mehrmals an den akribischen Schilderungen der Verdauungsprobleme des Protagonisten. Und auch dessen sexuelle Schlamassel erhöhen meine Motivation nicht, bis zu den letzten der 272 Seiten vorzudringen. Ich präge mir stattdessen drei markante Stellen des Buches ein, die ich gegebenenfalls abrufen kann, falls mich Richard Stunk in ein Gespräch über seinen Roman verwickeln sollte. So kann ich überzeugend vortäuschen, mich sogar an Details aus dem Werk zu erinnern.

Dann ist es endlich so weit. Countdown, die letzten neunzig Minuten vor dem Start. Wir sind tatsächlich ausverkauft. Tisch, Stuhl und Leselampe sind eingerichtet, das Catering - inklusive der Flasche Rotwein - steht bereit. Hannah hat sich erfreulicherweise in den letzten Tagen mit ihren bösen Kommentaren zurückgehalten und mir leidlich bei den üblichen Vorbereitungen geholfen. Schließlich sind wir ein Team.

Jetzt sitzt sie an der Abendkasse und geht noch einmal die Reservierungen durch, während ich aufgeregt hin und her laufe. Plötzlich hebt Hannah den Kopf und schaut durch die offene Tür hinaus auf die Straße.

„Ein paprikaroter Bentley Continental ist vorgefahren", kommentiert sie trocken und fügt hinzu: „Das wird doch nicht unser Autor sein?"

Ich blicke ebenfalls hinaus, als sich auf der Beifahrerseite eine junge, ungewöhnlich aufgetakelte Frau aus dem Wagen pellt. Eine toupierte Blondine, grell geschminkt, mit engem Pulli und Minirock.

„Hat er sich verkleidet?", fragt Hannah juchzend. „Oder wer ist das?"

Kurz darauf öffnet sich auch die Tür auf der Fahrerseite, und da ist er dann: Richard Stunk leibhaftig, mindestens doppelt so alt wie seine Begleiterin, in Jeans, eindrucksvoll verrotteter Lederjacke - und hinter einer Sonnenbrille versteckt.

„Ich fasse es nicht", entfährt es Hannah. Und ich muss gestehen, dass ich in diesem Augenblick nicht viel anders empfinde.

Kurz darauf betritt das Paar unser Haus, und Richard Stunk schaut sich misstrauisch um, ohne die Sonnenbrille abzunehmen. Ich gehe auf ihn zu und reiche ihm die Hand zur Begrüßung. Er übersieht die freundlich gemeinte Geste und fragt nach dem Weg in die Garderobe. Brav gehe ich voraus und öffne ihm und seiner kuriosen Begleitung die Tür zu den hinteren Räumen. Zwischen Spiegel und Kleiderstange fällt unser Blick zwangsläufig auf den üppig dekorierten Tisch mit dem bunten Salat, belegten Brötchen, Schokoriegeln, Wasserrationen – und einer Flasche unseres Rotweins. Richard Stunk mustert das Stillleben einen Augenblick, bleibt dabei aber in der offenen Tür stehen.

„Wo ist der Champagner?" fragt er dann trocken, ohne seine Augen von dem gedeckten Tisch abzuwenden.

„Äh ..."

„Und das Bier...!", fügt er mahnend hinzu.

„Noch im Kühlschrank", antworte ich irritiert.

Stunk nickt wohlwollend, zieht seine weibliche Begleitung hinter sich her in die Garderobe und schließt dann die Tür. Ausgesperrt bleibe ich einen Moment lang fassungslos stehen, drehe mich dann um und eile nach vorn ins Foyer.

„Alles in Ordnung?", fragt Hannah, als sie mich aus Richtung Garderobe kommen sieht.

„Er hat nach dem Champagner gefragt", entgegne ich. „Und nach dem Bier."

„Das ist nicht dein Ernst", entfährt es Hannah. Ich zucke mit den Schultern. „Seiner ganz offensichtlich schon."

„Dann mal schleunigst hinüber in den Supermarkt", stichelt Hannah. „Hat der Herr Autor denn besondere Wünsche geäußert, was die Marke betrifft?"

Ich winke entnervt ab. „Du hättest eben hören sollen, wie er über sein Publikum redet", sage ich.

„Wie?"

„Zum Dinner gibt es heute Landeier", versuche ich Stunk zu imitieren. „Diese Gonzos sind sicher mit dem Traktor angereist. Hoffentlich haben sie noch geduscht, nachdem sie aus ihren Schweineställen gekrochen sind."

Hannah zieht die Augenbrauen hoch.

„Die kaufen seine Bücher, und er macht sich über sie lustig."

Noch bevor sie etwas dazu sagen kann, treffen die ersten Gäste ein, und ich mache mich auf den Weg, um den Champagner zu besorgen.

Als ich mit einer Flasche *Veuve Clicquot* unterm Arm aus dem Supermarkt zurückkehre, sind alle Plätze im Saal schon besetzt. Erwartungsfroh wiegt sich ein offensichtlich bestens gelauntes Publikum in der Hoffnung, einen inspirierenden, zumindest aber doch amüsanten Abend zu erleben. Auch eine Gruppe der unvermeidlichen gut situierten Bildungsbürger mittleren Alters hat sich unter die Gäste gemischt. Und Torben winkt mir zu, der mit einer weiblichen Begleitung in der dritten Reihe sitzt.

„Dass ihr den Stunk gekapert habt ...! Alle Achtung", ruft er mir entgegen.

Ich zwinge mich kurz zu einem Lächeln und schaue dann auf die Uhr. Es bleiben nur noch ein paar Minuten bis zum Beginn der Veranstaltung, und nachdem ich den Champagner in den Kühlschrank gestellt habe, laufe ich in die Garderobe, um unserem Autor den Weg auf die Lesebühne zu weisen. Ich klopfe kurz an, öffne die Tür und blicke auf die innige Zweisamkeit des etwas vulgär wirkenden Pärchens. Aufgeschreckt drehen sie sich zu mir um, und mein nächster Blick fällt auf die Flasche Rotwein, die von unseren beiden Gästen inzwischen bereits komplett geleert wurde.

„Wir können anfangen", sage ich zu Richard Stunk, während die junge Weggefährtin irritiert ihre Frisur in Ordnung zu bringen versucht.

„Dann wollen wir den Mob mal tanzen lassen, was?", murmelt Richard Stunk grinsend, zwinkert seiner Begleitung zu und folgt mir zum Zuschauerraum. An der Tür, die zur Bühne führt, schalte ich den Sender seines Bügelmikrofons ein. Herr Stunk wird mit viel Beifall begrüßt, nickt seinen Fans ein wenig gelangweilt zu, setzt sich an den Tisch und beginnt, in seinem Buch zu blättern.

Was soll ich sagen? Er macht seine Sache wider Erwarten gut. Das Publikum hat viel zu lachen, wenn er schildert, mit welchen Schwierigkeiten sein Protagonist zu kämpfen hat, wenn es darum geht, die zuvor aufgenommene Nahrung zu verarbeiten. Und seine hilflosen Versuche, das Tableau sexueller Techniken in die Praxis umzusetzen, entfacht unter den Zuhörern Begeisterung. Richard Stunk bleibt dabei stoisch ernst und würdigt seine Fans keines Blickes. Nach etwas mehr als einer Stunde packt er mit einer jovialen Geste auch noch seine Ukulele aus und beendet die Lesung mit einer sehr eigenwilligen Version von Michael Jacksons *Man In The Mirror*.

„Ich signiere gleich im Anschluss gern noch meine Bücher", gibt er dann bekannt und verschwindet unter nochmaligem Beifall in seiner Garderobe.

Die Fans sammeln sich freudig erregt im Foyer, greifen sich gegen Barzahlung eines der Exemplare des neuen Werks von Richard Stunk und warten auf den Meister. Es dauert, und nach zehn Minuten entschließt sich Hannah, in der Garderobe einmal nach dem Befinden des Autors zu fragen.

„Die Herrschaften haben ihr Bier noch nicht ausgetrunken", flüstert sie mir zu, als sie einen Moment später zurückkehrt. „Dauert wohl noch einen Augenblick."

Die Fans üben sich in Geduld, und nach weiteren zehn Minuten erscheint Richard Stunk tatsächlich.

„So", erklärt er mit einem beinahe feierlichen Unterton. „Jetzt geht's los."

Eine Viertelstunde später hat er alle Signierwünsche erfüllt. Die Menschen, die sich eben noch wie aufgeschreckte Hühner um ihn geschart haben, verlassen nacheinander zufrieden und mit signierten Büchern in den Händen das Haus. Richard Stunk und seine Angebetete bleiben allein und offenbar unbeeindruckt von alledem zurück.

„Die Flasche Champagner...", fordert der gefeierte Autor mit einem Blick in meine Richtung. Ich hole die Trophäe aus der Küche, und mit dem *Veuve Clicquot* unterm Arm und seiner jugendlichen Begleitung im Schlepptau verlässt Richard Stunk unser Haus, ohne sich noch einmal zu uns umzudrehen. Das Paar zwängt sich in den paprikaroten Sportwagen und verschwindet mit laut aufheulendem Motor im Dunkel der Nacht.

„So ein Arschloch", entfährt es Hannah, die immer noch irritiert dem vermeintlich verliebten, längst entschwundenen Pärchen hinterherstarrt.

„Ich bin mir sicher, dass wir bei einer Wiederholung der Lesung nochmal ausverkauft wären", überlege ich.

„Bestimmt", antwortet Hannah. „Aber du willst diesen Typen doch nicht nochmal einladen, oder? Du hast mir selbst erzählt, wie abfällig dieser arrogante Kerl über sein Publikum redet."

„Die Leute haben ja nicht gehört, wie er über sie gespottet hat. In ihrer Gegenwart hat er sich doch vorbildlich benommen."

„Na, bravo. – Aber nicht mit mir. Wenn der Typ nochmal hier auftaucht, werde ich durch Abwesenheit glänzen."

„Kein Problem", antworte ich und grinse.

Am nächsten Tag kontaktiere ich den Manager also erneut, und wir finden relativ kurzfristig einen weiteren Termin. Alles läuft ähnlich wie beim ersten Mal. Die Cateringliste fordert wie zuvor eine Flasche Champagner, zwei Flaschen Bier und einen dreiviertel Liter edlen Bordeaux. Geht alles in Ordnung, denke ich. Der Mann soll haben, wonach ihm dürstet.

Am vereinbarten Abend sitze ich allein am Empfang im *Kulturwerk*. Hannah hat sich krankgemeldet. Wie erwartet fährt schließlich der rote Bentley vor. Die weibliche Begleitung, die dem Sportwagen entsteigt, ist diesmal eine andere. Der Unterschied ist allerdings marginal. Sie ist mindestens ebenso jung, ähnlich aufgetakelt und spärlich bekleidet. Gemeinsam mit dem Star des Abends betritt sie unser Haus, und die beiden verschwinden in der Garderobe. Natürlich sind wir auch diesmal wieder ausverkauft, und das Publikum freut sich auf einen schönen Abend.

Ich berichte Hannah am nächsten Tag von dieser zweiten, denkwürdigen Veranstaltung.

„Warum musstest du dir das unbedingt antun?", fragt sie mich voller Mitleid.

„Oh, die Lesung verlief dieses Mal ein wenig anders", erkläre ich ihr mit einem Augenzwinkern.

„Inwiefern?" Hannah stutzt.

„Nun ja, Herr Stunk hatte sich natürlich vorgenommen, den Mob noch einmal tanzen zu lassen, wie er das so gern formuliert."

„Dieser zynische…"

„Wart's doch ab", unterbreche ich sie. „Stunk war nämlich etwas irritiert, dass niemand applaudierte, als er die Bühne betrat. Er setzte sich, blätterte in seinem Buch und begann zu lesen. Dann folgte der erste Gag, aber das Publikum reagierte nicht. Stunk rutschte unruhig auf seinem Stuhl hin und her, und er las weiter. Er hat also seine Zoten gerissen, die unterschiedlichen, uns bekannten physischen und psychischen Störungen seines Romanhelden geschildert, aber der Mob wollte einfach nicht tanzen."

„Wie?"

„Niemand hat gelacht. Keiner hat auch nur eine Miene verzogen. Die Leute blieben während der gesamten Lesung regungslos auf ihren Plätzen sitzen. Absolute Stille. Und Richard Stunk wurde zunehmend unsicherer. Am Ende hat er nicht mal mehr seine Ukulele ausgepackt. Er stand auf, ging hinaus, und niemand hat applaudiert. Die Gäste haben sich still von ihren Plätzen erhoben und den Raum verlassen. Nicht ein einziges Buch wurde verkauft. Stunk konnte mit seiner Begleitung also in Ruhe das Bier austrinken, und als die beiden das Haus verließen, waren sie so verstört, dass sie sogar den Champagner vergessen haben."

Hannah blickt mich ungläubig an. „Was war passiert?", fragt sie dann.

„Stunk hat sich entlarvt", sage ich. „Unfreiwillig allerdings."

Hannah versteht immer noch nicht. Wie sollte sie auch?

„Ich habe den Leuten vor der Lesung eine kleine Sondervorstellung geboten. Eine Art Vorprogramm, wenn du so willst."

„Eine Art Vorprogramm?"

„Die Garderobengespräche unseres zynischen Literaten und seiner Begleitung wurden live in den Zuschauerraum übertragen."

„Du hast...?" Hannah ist sprachlos.

„Als ich ihm den Taschensender seines Bügelmikrofons hinten an den Hosenbund geklammert habe, dachte er natürlich, dass der Sender noch ausgeschaltet sei. Ich hatte ihn aber bereits aktiviert. Das Mikro war also – ohne sein Wissen - schon in der Garderobe eingeschaltet. Das war mein Plan. Deshalb habe ich diesen Stunk nochmal eingeladen. Ein allerletztes Mal."

## 3

Die für Anfang des Jahres geplante Ausstellung meiner neu entdeckten Künstlerin Leonore Jubel mit den abstrakten Gemälden aus Asche, Bitumen und Eisenoxid musste verschoben werden. Leonore wurde von ihrer Berliner Galerie auf die Art Karlsruhe eingeladen. Eine Riesenchance, wie sie mir versicherte. Ich kann verstehen, dass ihr eine internationale Kunstmesse wichtiger ist als eine Ausstellung in der norddeutschen Provinz. Und da ich nach den finanziell positiven Erfahrungen mit den Winterlandschaften sowieso mit allen düsteren Machwerken gerade ein wenig hadere, kam mir die Absage auch gar nicht so ungelegen. Das Problem war eher, kurzfristig einen Ersatz zu finden.

Natürlich kam mir Simon sofort in den Sinn. Ich hatte ihm doch sowieso eine Ausstellung in der Galerie versprochen, und seine Bilder wirken weitaus freundlicher, was ich ihm natürlich niemals sagen würde. Es könnte ihn verunsichern. Jedenfalls hat er inzwischen genügend produziert: expressive Landschaften in pastos aufgetragenen, kräftigen Farben. Allein diese Farben hatten mich sofort überzeugt.

Die Vernissage ist recht gut besucht, wenn ich zwischendurch auch den Eindruck gewinne, dass unter den Gästen zeitweise nicht die Kunstwerke im Zentrum der Aufmerksamkeit stehen, sondern vielmehr die Tochter unserer Nachbarin, die sich freundlicherweise angeboten hat, uns beim Bewirten der Gäste zu helfen. Aufmerksamkeit erregt sie nicht allein wegen ihres extravaganten Kleides, das durch einen gewagt farbenfrohen Floraldruck überrascht. Aufmerksamkeit erregt sie vor allem, weil dieses Kleid über einen extrem tiefen Rückenausschnitt verfügt, der bedauerlicherweise den Blick auf einen monströsen Pickel freigibt. Jedes Mal, wenn das junge und eigentlich recht attraktive Mädchen in der Teeküche eine weitere Flasche Sekt öffnet, stelle ich mir vor, dass es womöglich nicht der Knall des Korkens ist, den ich höre. Trotzdem scheint die Eröffnung ein Erfolg zu werden. Die Leute mögen die Bilder, und ich hoffe, dass Simon dadurch an Selbstbewusstsein gewinnt, was sein künstlerisches Talent betrifft.

Zwischendurch spreche ich kurz mit Hannah über unsere neue Theaterproduktion, die mehr und mehr Gestalt annimmt. Wir verabreden, dass wir uns in den nächsten Tagen mit Felix treffen wollen, den Hannah für die Rolle des Mozart vorgesehen hat. Felix soll bei dieser Gelegenheit dann auch Camilla kennenlernen, seine zukünftige Constanze. Eine von Hannah und mir arrangierte Zwangsehe gewissermaßen.

Als ich mich nach Simon umsehe, entdecke ich, dass er mit einer älteren Dame zusammensteht, die permanent auf ihn einredet. Er scheint sich dabei unwohl zu fühlen, und so schlendere ich schließlich zu den beiden hinüber.

Ich dränge mich in das Gespräch, stelle mich der Dame vor und erfahre, dass sie sich für eines der Bilder interessiert. Ein in der Abenddämmerung blutrot eingefärbtes Kornfeld.

„Sagen Sie einfach Mona zu mir", fordert sie mich auf. „Ich habe Ihrem Freund gerade ein Angebot gemacht, das er nicht ablehnen kann."

Simon lächelt gequält.

„So", entgegne ich knapp.

„Denken Sie einfach nochmal in Ruhe darüber nach", sagt die Dame, die Mona genannt werden will, zu meinem Liebsten und fasst ihn dabei unangemessen freundschaftlich an die Schulter.

Als ich sie stutzend ansehe, verrät sie, dass sie in der Hamburger Redaktion einer Frauenzeitschrift arbeitet, und vor wenigen Wochen sei ihr ein neu gegründetes Ressort übertragen worden.

„Wir möchten unsere Leserinnen motivieren, ihre eigene Kreativität zu erkunden", erklärt sie. „Dazu wollen wir ihnen Ideen an die Hand geben, wie man mit etwas Fantasie schöne oder nützliche Dinge selber herstellen kann."

„Sie kommen also aus Hamburg?", frage ich sie. „Wie haben Sie denn unser Haus hier entdeckt?"

„Mona sagt, sie besitzt hier in der Nähe ein kleines Wochenendhaus", erklärt mir Simon. „Und sie hatte von unserer Ausstellung hier gehört und ist neugierig gewesen."

„Künstler wie Ihren Freund brauchen wir", meint Mona dann. „Leute mit unkonventionellen Ideen."

„Zum Beispiel ...?"

„Paravents", ruft Mona spontan. „Man kann sie bemalen oder bekleben, einwickeln ... – Aber bestimmt fallen Ihnen, lieber Simon, noch viel originellere Dinge ein. Denken Sie einfach nochmal in Ruhe darüber nach."

Simon verspricht es.

„Manch einer glaubt ja, man findet die kreativen Köpfe nur in der Großstadt", holt Mona noch einmal aus. „Aber nein, sage ich dann immer. Künstler sind scheue Wesen, die sich gern in die Einsamkeit der Provinz zurückziehen."

Ich bin irritiert.

Am Freitag darauf treffen wir uns im *Kulturwerk* mit Felix und Camilla alias Mozart und Constanze. Das zukünftige Ehepaar mustert sich gegenseitig mit einer Mischung aus Neugier und Skepsis. Hannah bemerkt das offensichtlich im selben Moment, und wir zwinkern uns verschwörerisch zu.

Felix, der in Braunschweig gerade als Osvald in Ibsens Familiendrama *Gespenster* auf der Bühne gestanden hat, gibt sich extrem selbstbewusst. Ich denke, er überschätzt sich, wie viele Schauspieler, die auf den großen Durchbruch hoffen. Mag aber sein, dass ich ihm Unrecht tue, doch dieses Egozentrische und Selbstverliebte geht mir auf die Nerven. Es kann schließlich nicht jeder von uns der Mittelpunkt der Welt sein. Die deutlich jüngere Camilla, die in Hamburg noch die Schauspielschule besucht, wird von ihm mit einem

Blick gemustert, der mir eine Spur zu lüstern erscheint. Das ist mir nicht weniger unsympathisch.

„Lass dir von mir sagen", konstatiert er in einem väterlichen Ton und greift Camilla dabei ans Knie, „es ist keine Schande, in der Provinz anzufangen. Man darf nur nicht dort stecken bleiben."

Mich ärgert diese Arroganz. Zumal ich eigentlich selbst aus der Großstadt komme, es aber leid bin, ständig darauf hinzuweisen. Ich arbeite daran, mein Leben in der Provinz anderen gegenüber nicht mehr als Makel zu empfinden. Zu meiner Freude zeigt sich einen Moment später, dass Felix seine neue Gattin offensichtlich unterschätzt hat.

„Ich möchte Constanze keinesfalls als unterwürfiges kleines Dummchen spielen", kontert Camilla und schiebt die Hand von Felix eher beiläufig von ihrem Knie. „Sie ist eine junge Frau, die weiß, was sie will."

„Das ist es, was Mozart möglicherweise erst richtig scharf macht", erwidert Felix mit einem zögerlichen Lächeln.

„Dann sollte er bedenken, dass er damit den Verlust seines wertvollsten Körperteils riskiert. Zumindest das, was er für sein wertvollstes Körperteil hält."

Ist das nun ein Dialog zwischen Felix und Camilla oder zwischen Mozart und Constanze, frage ich mich. Es wird in jedem Fall spannend, denn Camilla ist eindeutig Constanze, und Felix wird ihr „Sauschwanz" Mozart.

Als Simon und ich am Abend gemeinsam nach einer Portion Pasta mit einem Glas Rotwein auf der Terrasse stehen, beginnt er plötzlich, laut über das Angebot dieser Mona nachzudenken.

„Es wäre zumindest eine Gelegenheit, einmal ein wenig regelmäßiger Geld zu verdienen."

„Warum denken alle immer bloß ans Geld verdienen?", frage ich ihn mit einem leicht provozierenden Unterton.

„Vielleicht kann man das eine mit dem anderen verbinden? Kreative Arbeit und finanziellen Erfolg."

„Und deshalb willst du dich jetzt einer dieser albernen und überflüssigen Frauenzeitschriften ausliefern?"

„Sei nicht so dramatisch."

„Was willst du denn da machen?"

„Mir wird schon etwas einfallen."

Ich habe eigentlich gehofft, dass die ganze Angelegenheit nach spätestens drei Tagen vergessen ist und Simon sich wieder seiner Malerei widmet. Er hatte begonnen, an einem Zyklus mit Gestalten aus der Theater-Mythologie zu arbeiten. Die vor Wollust geifernde Salome, die sich in einem Meer von Blut suhlt, war bereits entstanden. Und aktuell arbeitet Simon an Prometheus, der dem Betrachter ein in seinen geöffneten Handflächen loderndes Feuer entgegenträgt. Warum also soll er sich jetzt mit Ideen für eine Illustrierte herumschlagen?

„Ich werde mir morgen Holzkugeln besorgen."

„Holzkugeln?", frage ich.

„Man kann sie unterschiedlich bemalen", erklärt er mir.

„Sicher. Auch bekleben, einwickeln ...", ergänze ich leicht verärgert. „Oder Boccia damit spielen."

„Auch das", bestätigt Simon gleichbleibend ruhig.

„Und man kann sie komplett mit Kordel oder Draht umwickeln, auch rundherum mit Polsternägeln spicken."

Mir will sich einfach nicht erschließen, welchen Sinn es haben soll, sich mit dem Verwandeln von tristen Holzkugeln zu beschäftigen.

„Was soll man denn damit hinterher anfangen?", gebe ich zu bedenken.

„Deko", antwortet er knapp.

Lass ihn machen, denke ich. Sobald er der Redakteurin seine bunten Holzkugeln präsentiert, wird er aufgrund ihrer zu erwartenden Reaktion sehr schnell begreifen, dass sich auf derart simple Weise kein Geld verdienen lässt.

Am nächsten Vormittag kehrt Simon mit einer Plastiktüte voller Kugeln aus dem Baumarkt zurück. Die meisten aus Holz, einige aus Styropor. Weil die sich leichter mit Polsternägeln spicken lassen, wie er mir versichert.

Es vergehen mehrere Tage, in denen ich Simon kaum zu Gesicht bekomme. Er lässt mich auch nicht in sein Atelier, was stets zum Ritual gehört, wenn er an einem Bild arbeitet. Während er malt, schaue ich ihm dann still über die Schulter. Irgendwann frage ich ihn: *Darf ich etwas dazu sagen? Nein*, entgegnet er dann meistens, um gleich darauf hinzuzufügen: *Nun sag schon.* Wenn mein Kommentar dann positiv ausfällt, ist alles gut. Wenn ich jedoch Kritik äußere, beteuert er stets, *ihm* gefalle die Arbeit. In der Regel aber hat er sie zwei Stunden später dann doch übermalt. Nun jedoch, wo es um einen Auftrag für eine schnöde Frauenzeitschrift geht, ist meine Meinung offensichtlich nicht gefragt.

Dann ist es so weit. Ich sehe es ihm an, als er aus seinem Atelier kommt. Es ist derselbe Gesichtsausdruck, den ich auch an ihm beobachte, wenn er nach tagelanger Arbeit ein neues Bild fertiggestellt hat. Simon läuft zum Telefon, und dann höre ich ihn mit dieser Mona reden.

Am Nachmittag fährt die Dame mit einem alten Citroën vor. Es klingelt, Simon öffnet und führt Mona in unser Wohnzimmer, wo er die verschiedenen Kugeln in einer großen Schale angerichtet hat.

Ich erwarte, dass die doch sicher erfahrene Redakteurin im nächsten Augenblick entweder in lautes Gelächter ausbricht oder sich ihre Miene abrupt verfinstert. Sie starrt auf die Kugeln und scheint Simon, der seine Idee wortreich erläutert, gar nicht zuzuhören.

„Wunderbar!", entfährt es ihr schließlich. „Eine schöne Idee."

Ich kann es nicht fassen.

„Gekauft", fügt sie dann entschlossen hinzu. „Sagen wir: 1.500 Euro. Zufrieden?" Fragend sieht sie Simon an, der schließlich nur mit einem kurzen *Ja* antwortet.

„Weiter so", ermuntert sie ihn, „Ich lasse die Kugeln von einem Kurier abholen." Dann verlässt sie unser Haus, steigt in ihren Citroën und entschwindet.

„Nun kümmerst du dich aber wieder um deinen Prometheus", ermahne ich ihn.

„Zuerst muss ich die Kerzenhalter bauen", antwortet er.

„Welche Kerzenhalter?", frage ich.

„Mein nächstes Projekt."

„Das ist nicht dein Ernst!" Ich werde ein wenig wütend. „Was ist mit deiner Malerei? Was ist mit dem Prometheus, den du angefangen hast?"

„Das hat doch Zeit", beruhigt mich Simon. „Niemand wartet mit gezücktem Portemonnaie darauf, dass er meinen Prometheus in die Arme nehmen darf. Aber Mona wartet auf meine neuen Ideen."

Und da wird mir klar: Er hat Blut geleckt. Nicht mehr das Geschäft für Künstlerbedarf ist ab sofort seine bevorzugte Anlaufstelle, sondern der Baumarkt. Kupferrohr, Glühbirnenfassungen, Möbelbeine, Blechdeckel, lange Schrauben, aber auch Serviettenringe, Gabeln und Leukoplastspulen schafft er in sein Atelier. Mit Heißkleber entstehen aus den Materialien die verrücktesten Kerzenhalter. Als Simon Mona seine Objekte ein paar Tage später überreicht, zeigt sie sich hellauf begeistert und verspricht, die Kreativ-Seiten in der nächsten Ausgabe der Frauenzeitschrift mit den Kreationen zu füllen. Die Leserinnen – so versichert sie - werden in zahlreichen Mails an die Redaktion ihr Entzücken angesichts der kuriosen Einfälle des Künstlers verkünden.

Im *Kulturwerk* beginnen wir mit den ersten Proben zu unserem Mozart-Abend. Es wird ein Drei-Personen-Stück, und wir haben inzwischen auch die Rolle von Lorenzo Da Ponte besetzt. Felix hat uns einen Kollegen empfohlen, den er aus seiner Berliner WG-Zeit kennt. Tatsächlich ein waschechter Italiener, was uns wichtig war. Er freut sich auf die neue Aufgabe, denn er ist es leid, wie er uns versicherte, in Fernsehproduktionen immer nur als Kellner in italienischen Restaurants oder als kleiner Mafioso besetzt zu werden. Silvio, wie er heißt, wird aber später zu den Proben dazustoßen, da er erst am Ende des erstens Teils des Abends auftaucht. Vorerst also werde ich mit Camilla und Felix allein arbeiten.

Simon – von seinem Erfolg bei Mona vollkommen berauscht – erweitert seine Suche nach geeigneten Fundstücken, durchstöbert Schrottplätze und Flohmärkte. Aus einem Wok wird eine Obstschale, die von einem Quader aus bunten Holzbauklötzen gehalten wird. Aus einer Spule mit Eisendraht biegt er fünfarmige Leuchter. Ein alter Geigenkasten wird zum Herrenwandschrank für Krawatten und Manschettenknöpfe. Monas Begeisterung ist immer noch steigerungsfähig, so scheint es. Sie schickt ihn durch sämtliche im Umland vorhandenen Antiquitätenläden, um nach geeigneten Möbelstücken zu suchen, die man mit der Stichsäge halbieren und einem neuen Verwendungszweck zuführen kann. Als Simon ihr zu bedenken gibt, dass Antiquitäten nicht unbedingt preisgünstig sind, und es auch eine Überlegung wert ist, ob seltene alte Stücke so einfach zersägt werden sollten, beteuert Mona, dass erstens Geld in diesem Fall keine Rolle spielt und zweitens der betagte Krempel auf diese Weise ja eine Wiederbelebung erfährt.

Höhepunkt seiner neuen gestalterischen Tätigkeit wird eine Serie, die Mona unter dem Label *Küchenbarock* in der Zeitschrift platzieren will. Simon sammelt altes Besteck, das er zu Kringeln verformt: Löffel und Gabeln, aber auch Schneebesen und Ausstechformen. Das alles klebt er ineinandergesteckt als Rahmen auf einen großen Spiegel und fügt anschließend noch einige Muscheln und verschiedenes kleines Plastikspielzeug hinzu. Schließlich übersprüht Simon die Materialcollage mit Goldlack. So entsteht am Ende der Eindruck, als wäre der Spiegel mit einem barocken Ornament eingefasst.

Als Mona das Objekt erstmals in Augenschein nimmt, flippt sie geradezu aus, und Simon holt zu ihrem Entzücken noch zwei Suppenkellen hervor, die er so verbogen hat, dass man sie als Wandleuchter für Kerzen verwenden kann.

Ich stelle ernüchtert fest: Nach relativ kurzer Zeit hat sich Simon mit seinen verrückten Ideen im Herzen Monas und in der Kreativ-Redaktion der Frauenzeitschrift fest etabliert. Er verfügt nun nicht nur über ein gut gefülltes Bankkonto, sondern auch über eine beträchtliche Anzahl weiblicher Fans unter den Leserinnen der Illustrierten.

# 4

„Dein Mann ist verzweifelt auf der Suche nach einem neuen Libretto", erkläre ich Camilla, die mit dickem Bauch in einem etwas schäbig wirkenden, schlammfarbenen Hausmantel vor mir auf dem Sofa liegt. „Was dich aber überhaupt nicht interessiert. Du blätterst in deinem Modejournal und wünscht dir nichts sehnlicher als ein neues Kleid."

„Typisch Frau, ja?", entgegnet Camilla beleidigt. „Ich habe diese Geschlechterklischees so satt!" Mit ihrer rechten Hand streicht sie mechanisch über das Kissen, das sich unter dem schlichten Stoff abzeichnet.

„Constanze ist hochschwanger. Natürlich ist das typisch Frau", erwidere ich leicht genervt.

„Und warum redet sie über Frisuren, wenn sie in der Modezeitschrift auf der Suche nach einem neuen Kleid ist? Das ergibt doch keinen Sinn!"

„Sie ist zu Tode gelangweilt, weil sich Mozart nicht um sie kümmert, sondern immer nur arbeitet. Ihre

Aufmerksamkeit gilt nicht der Modezeitschrift, sondern ihrem geliebten Wolferl."

„Ich verstehe das alles nicht", gesteht Camilla mit hysterischem Oberton.

„Okay, fünfzehn Minuten Pause." Ich kapituliere. Für den Augenblick.

Felix, alias Mozart, der hinter mir die Szene aufmerksam verfolgt hat, verschwindet wortlos in Richtung Garderobe. Ich habe den Verdacht, dass er sich privat inzwischen ein wenig in Camilla verliebt hat und über mögliche erfolgversprechende Ansätze für der Widerspenstigen Zähmung grübelt.

Wir stecken mitten in den Proben zu unserem kleinen Theaterstück, das die Geschichte um ein Opernfragment von Mozart erzählt: *Die Gans von Kairo*. Es geht darin um eine überdimensionale künstliche Gans, die – nach Art eines trojanischen Pferdes - in das Haus eines Marquis eingeschleust wird. Eine abstruse Story, an der Mozart nahezu verzweifelt ist, um sich letztlich in die Komposition von *Le Nozze di Figaro* zu retten. Und genau das wollen wir erzählen.

Camilla sitzt immer noch auf dem Sofa und beschäftigt sich mit Entspannungsübungen, die ihr Felix empfohlen hat. Er ist nicht nur in Camilla verliebt, sondern auch sehr darauf bedacht, sie als Schauspielerin zu fordern. Dabei gelingt es ihm mühelos, sie zu verunsichern, denn sie hat ja nicht annähernd die Erfahrung, die er vorweisen kann.

„Lasst uns weitermachen", sage ich, als ich Felix aus Richtung Garderobe zurückkommen sehe. Camilla bringt sich in Position und beginnt ihren Monolog.

„Da ist ein so dermaßen unbedeutender Friseur plötzlich in Versailles der Liebling einiger Gräfinnen. Und warum? Weil er ihre Perücken mit kleinen Schiffchen verziert. Mit Blumen und Vögeln ..."

„Moment, Camilla", unterbreche ich sie. „Könntest du versuchen, ein bisschen verführerischer zu wirken?"

„Ich denke, ich bin zu Tode gelangweilt?", entrüstet sie sich.

„Ja, auch", erkläre ich. „Aber aus dieser Stimmung heraus versuchst du doch, Mozarts Aufmerksamkeit zu wecken. Du willst ihn quasi verführen."

„Entweder bin ich zu Tode gelangweilt, oder ich bin sexy."

„Versuche es nochmal", bitte ich sie.

Camilla rollt mit den Augen und beginnt erneut mit ihrem Monolog. Im Tonfall nun vielleicht eine Spur zu ungnädig.

„Da ist ein so dermaßen unbedeutender Friseur plötzlich in Versailles der Liebling einiger Gräfinnen. Und warum? Weil er ihre Perücken mit kleinen Schiffchen verziert. Mit Blumen und Vögeln aus Seide und Federn. Eine kleine, verrückte Idee, nicht einmal besonders originell, und er ist plötzlich *der* Friseur. – Weißt du wie die Königin darauf reagiert ..."

„Warte!", unterbreche ich sie erneut. „Ich glaube dir das nicht."

„Aber so steht es hier im Journal!" Camilla ist erbost.

„Also, es steht natürlich *nicht* im Journal, aber ich soll doch so tun, als würde es im Journal stehen, oder nicht?"

„Ja, aber du musst es *fühlen*", sage ich.

„Was soll ich fühlen?"

„Du darfst Constanze nicht nur spielen, du musst zu Constanze *werden*."

Camilla starrt mich ungläubig an.

„Schon mal was vom emotionalen Gedächtnis gehört?", fragt Felix, der hinter mir längst unruhig auf seinem Stuhl hin und her rutscht. „Stanislawski."

Camilla wirkt wie paralysiert.

„Man sucht in seinen Erinnerungen nach einem Erlebnis, das ähnliche Gefühle hervorgerufen hat, wie die, die du benötigst, um diese Szene glaubhaft zu spielen. Und dann versuchst du, dieses Gefühl wieder abzurufen." Felix springt auf, und mit einem kurzen Blick zu mir geht er auf das Sofa zu und setzt sich neben Camilla auf den Boden.

„Stell dir vor, du sollst Penthesilea spielen", beginnt er in einem bewusst ruhigen Ton und schaut Camilla dabei nun tief in die Augen.

„Penthesilea?" Camilla stutzt.

„Sie zieht aufs Schlachtfeld und zerhackt dort ihren Geliebten Achilles, kommt zurück und ist fast wahnsinnig. Da kannst du nicht einfach aus der Garderobe kommen, ja? Eben eine Zigarette geraucht, nochmal einen Schluck Wasser getrunken oder was auch immer und dann auf die Bühne gehen und das spielen. Das geht nicht! Du musst deinen Körper stimulieren und in einen Zustand bringen. In einen Zustand…!"

„Ich blättere in einem Modejournal", entgegnet Camilla trocken. „Und was meinen Zustand betrifft: Ich bin schwanger. Gib mir einfach ein Zeichen, wenn ich meinen Mann zerhacken soll. Dann wird das erledigt."

„Können wir jetzt weitermachen?", dränge ich die beiden.

„Ich hasse Monologe!", kreischt Camilla. „Ich könnte ..."

„Moment mal!", rufe ich dazwischen. „Ich habe eine Idee."

Camilla und Felix sehen mich erwartungsvoll an.

„Wir stellen eine Schachtel mit Konfekt neben das Sofa. Und während du deinem Wolferl von den neuesten Modetrends erzählst, stopfst du dir ständig Pralinen in den Mund. Dann bist du mit etwas beschäftigt, während du deinen Monolog hälst. Das könnte helfen."

Camilla rollt erneut mit den Augen. „Während ich von schönen Kleidern träume, bin ich fleißig dabei, mich zu mästen?"

„Exakt."

„Tolle Idee. Außerdem ist das nicht so einfach, wie du dir das vielleicht vorstellst. Zuckerzeug verklebt den Mund, und das stört beim Sprechen."

„Das ist die Komik", kontere ich.

„Ach, jetzt soll ich nicht nur zu Tode gelangweilt und sexy sein, sondern auch noch komisch", empört sie sich, und es klingt so, als würde sie es auf keinen Fall akzeptieren.

Ich komme erst spät am Abend nach Hause. Simon sitzt vor dem Fernseher und schaut sich einen alten Lubitsch-Film an. Auf den ersten Blick kann ich nicht erkennen, um welchen Film es sich genau handelt. Sie ähneln einander doch alle sehr. Natürlich nicht, was die Geschichte betrifft. Aber die Optik. Und der sehr spezielle Humor. Dann erscheinen Marlene Dietrich und Gary Cooper und lösen das Rätsel auf sehr charmante Weise – mit Lubitsch-Touch eben. *Perlen zum Glück*. Schöner Film.

„Ich will dich nicht stören…", beginne ich vorsichtig.

„Kein Problem", reagiert Simon. „Ich kenne den Film auswendig." Er greift nach der Fernbedienung, schaltet ab und sieht mich im nächsten Moment erwartungsvoll an.

„Ist Mozart wohlauf?", fragt er dann.

„Im Augenblick sind wir auf der Suche nach dem optimalen Praliné", antworte ich.

„Theaterarbeit geht offensichtlich seltsame Wege", stutzt Simon.

„Ich habe mir überlegt … - Wenn das Mozart-Projekt abgeschlossen ist, wollen wir dann nicht für ein paar Tage wegfahren?"

Simon schweigt und überlegt. Hoffe ich zumindest.

„Ich habe bei der Gruppenausstellung ganz gut verkauft", sage ich. „Du füllst die Kasse mit deinen Deko-Objekten. Wir könnten es uns also finanziell leisten."

„Kannst du Hannah denn mit dem *Kulturwerk* allein lassen?"

„Ja", sage ich. „Warum nicht?"

Simon überlegt immer noch.

„Wenn du in der Zeit auf Mona verzichten kannst …", setze ich nach. Und nun schaut Simon grimmig.

„Geht es auch mal ohne Seitenhieb?"

„Ich meine das gar nicht als Seitenhieb. Davon abgesehen finde ich es natürlich schade, dass du nicht mehr malst."

„Und es tröstet dich, wenn wir Urlaub machen?"

„Ich denke, es würde uns einfach guttun. Uns beiden."

„So, denkst du."

„Paris? Oder Lissabon?"

„Große, weite Welt."

„Wir können auch nach Castrop-Rauxel fahren, wenn dir das mehr Spaß macht. Oder Gummersbach."

„Gummersbach?"

„Fiel mir gerade so ein."

Einen Moment Stille. Wir schauen uns in die Augen, und plötzlich müssen wir beide laut lachen.

„Okay, wir werden sehen. Kümmere dich erstmal um Mozart."


Bei der nächsten Probe zerrt Camilla eher widerwillig vier unterschiedliche Packungen mit Süßigkeiten aus ihrer Schultertasche. Himbeerbonbons, grüne Gummifrösche, bunt dragierte Lakritzstäbchen und quietschrosa Fondantwürfel.

„Keine Schokolade?" fragt Felix, der die Cellophantüten mustert, als wären es Mitbringsel von einem anderen Planeten.

„Schokolade kannst du vergessen", sagt sie.

„Auch keine Mozartkugeln?"

Camilla straft Felix mit einem vernichtenden Blick und wirft sich dann beleidigt aufs Sofa. Vor ihr auf dem Boden liegen die süßen Variationen nun nebeneinander in einer Schachtel.

„Da ist ein so dermaßen unbedeutender Friseur…", beginnt Camilla ihren Monolog, greift mit der rechten Hand zur Schachtel und fischt einen grünen Gummifrosch heraus, den sie sich im nächsten Moment in den Mund steckt. „…plötzlich in Versailles der Liebling einiger Gräfinnen …", fährt sie schmatzend fort.

Felix wird unruhig. „Sorry, aber: grüne Pralinen?"

„Kann ich vielleicht *einmal* meinen Monolog ohne Unterbrechung zu Ende bringen?", keift Camilla.

„Es ist kein Problem", räume ich ein, während ich mich zu Felix umdrehe. „Es könnte etwas mit Pistazien sein."

„Ja, okay", entgegnet er. „Macarons zum Beispiel."

Camilla bleibt unbeeindruckt. „Die Gummifrösche gehen jedenfalls gar nicht."

„Probiere die Himbeerbonbons."

Ein paar Tage später wird mir klar, dass wir die Szene auf dem Sofa mit der schwangeren Constanze erst proben können, wenn Camilla eine Entscheidung getroffen hat, welches Naschwerk sich für ihren Monolog eignet.

Die Himbeerbonbons seien steinhart. Die Gummifrösche zu zäh. Es dauert einfach viel zu lange, bis sie zerkaut und hinuntergewürgt sind. Lakritz sei nicht schlecht, räumt sie ein. Aber eigentlich mag sie kein Lakritz. Vielmehr gäbe es kaum etwas, das ihr so zuwider sei wie Lakritz.

Wir entscheiden schließlich, dass wir den Monolog auf dem Sofa erst einmal zurückstellen und den Rest des ersten Aktes proben. Mozart macht seinem Ärger über das kuriose Libretto mit der künstlichen Riesengans Luft, verspricht seiner schwangeren Frau, gemeinsam den Vater in Salzburg zu besuchen, und er lernt Lorenzo Da Ponte kennen, mit dem er kurze Zeit später die Arbeit an seinem *Figaro* beginnen wird.

Silvio ist also inzwischen eingetroffen. Ein schöner, 1,90 m großer Italiener, bei dessen Anblick Camilla riesige Augen bekommt. Felix und Silvio begrüßen sich demonstrativ kumpelhaft. Sie scheinen ihr Wiedersehen schon am Tag zuvor bei einer nächtlichen Kneipentour gefeiert zu haben.

Camilla experimentiert derweil mit immer neuen Variationen süßer Leckereien: Schokolinsen und Goldnüsse, Jelly Belly Beans und Marzipankartoffeln, Pfefferminzkissen, Waldmeister-Brausewürfel und Silbersalmis... - Ach, nein, fällt ihr dann ein: Lakritz ist ja gestrichen.

Inzwischen erweist sich Constanze als überforderte Mutter und flirtet mit Lorenzo Da Ponte, vielleicht auch ein wenig zu deutlich mit Silvio, was Camillas schauspielerischen Fähigkeiten zugutekommt. Mozart, der den doppelbödigen Flirt ebenso mit Argwohn betrachtet wie Felix, entschließt sich, die Komposition zur *Gans von Kairo* in der Schublade verschwinden zu lassen und schwärmt von Beaumarchais, der in Paris mit seinen Theaterstücken den Adel gegen sich aufbringt.

Während der Proben des zweiten Teils zeigt sich, dass die anfangs demonstrierte Kumpelhaftigkeit zwischen Felix und Silvio im gemeinsamen Spiel auf der Bühne nicht mehr allzu viel Bestand hat. Im Werben um Camilla sind die beiden sowieso schnell zu Rivalen geworden, doch darüber hinaus scheinen ihre Temperamente einfach zu unterschiedlich zu sein. Silvio ist permanent bis zum Zerreißen gut gelaunt, voller Charme und Esprit. In den Szenen, die er mit Felix teilt, kostet er sein Spiel übermäßig aus, schmückt seinen Part fortwährend mit galanten Gesten und legt beim Rezitieren seines Textes immer wieder ausgedehnte Kunstpausen ein. Dabei genießt Silvio es, wenn er Felix mit seinen Verzierungen beinahe in den Wahnsinn treibt. Dieser wiederum überträgt seine Wut darüber in die Figur des Mozart, der sich dadurch mehr und mehr vom obszönen Kind, das er ja aktenkundig war, zum rasenden Berserker entwickelt.

„Wie läuft es?", fragt Hannah, als ich in der Probenpause kurz ins Büro flüchte.

„Es ist etwas anstrengend", gestehe ich ihr. „Aber die privaten Konstellationen begünstigen meine inszenatorische Arbeit."

Hannah blickt mich unschlüssig an.

„Bei solchen Spannungen muss man kein erfahrener Regisseur sein", füge ich hinzu.

„Bist du ja auch nicht."

„Eben."

Plötzlich höre ich ein Klopfen an der Tür der Galerie und laufe nach vorn. Torben Leander steht da und winkt mir aufgeregt zu.

„Wir müssen unbedingt den konkreten Termin für meine Ausstellung festlegen, die du mir für das kommende Jahr zugesagt hattest", keucht er, als ich ihm öffne.

„Wieso plötzlich die Eile?", frage ich. „Ich bin im Augenblick bei den Proben für unseren Mozart-Abend."

„Ich habe eine Anfrage vom Kunstverein in Quickborn bekommen. Die wollen mit mir eine Ausstellung machen. Wir müssen dazu aber die Termine abstimmen, damit es keine Überschneidungen gibt."

„Ist da überhaupt genug Platz für deine Polyester-Monster?", will ich wissen.

„Ich male in erster Linie immer noch Bilder", entgegnet er beleidigt.

„Ja, richtig", stimme ich ihm zu. „50 x 50, oder?"

Jetzt guckt er böse. „Können wir die Unterhaltung bitte mit einem Minimum an Ernsthaftigkeit fortsetzen?"

„Torben, ich habe im Augenblick wirklich nicht den Kopf dafür frei", vertröste ich ihn und greife nach der Schachtel auf dem kleinen Tisch neben dem Eingang. „Möchtest du einen Gummifrosch?"

Die Proben schreiten voran, und es kommt der Tag, an dem Camilla sich wieder das Kissen unter den Hausmantel schieben und sich auf das Sofa legen muss. Sie blättert in dem Modejournal und wartet auf ihren Einsatz.

Mit einem Blick auf die Schachtel, die vor ihr auf dem Boden liegt, frage ich: „Was probierst du heute?" Und bevor sie antworten kann, füge ich hinzu: „Wir können das mit den Pralinen auch wieder streichen. Du blätterst einfach nur in deinem Modejournal."

„Nein, nein", antwortet sie. „Ich habe das Richtige gefunden."

„Nun bin ich aber gespannt", sagt Felix.

„Schon mal was vom emotionalen Gedächtnis gehört?", fragt sie mit einem provozierenden Lächeln.

Stille.

„Wisst ihr, schon als Kind habe ich Süßigkeiten eigentlich gehasst", fährt Camilla fort und genießt unsere gebannte Aufmerksamkeit. „Weil sie von den Erwachsenen dazu benutzt wurden, uns Kinder zu erpressen. Wenn ich mir aber nichts aus Süßigkeiten machte, hatten sie nichts gegen mich in der Hand. Doch neulich fiel mir dann ein, dass es eine Ausnahme gab. Etwas, wo ich nie widerstehen konnte ..."

„Nun sag schon. Was ist es?", dränge ich ungeduldig.

„Schokoküsse."

„Schokoküsse?"

„Damit haben wir als Kinder gern Wettessen veranstaltet", erinnert sich Felix. „Die Hände wurden uns dabei auf dem Rücken zusammengebunden."

Camilla nickt.

„Aber dieses Schaumzuckerzeug klebt doch noch viel mehr als jede Schokolade", gebe ich zu bedenken.

„Aber es ist äußerst lecker", erwidert Camilla.

Noch vor der Premiere sind bereits alle fünf Vorstellungen ausverkauft. Dazu hat sicher auch unsere, wie ich meine, recht originelle Werbung beigetragen. Wir haben angekündigt, den leibhaftigen Mozart mittels einer Séance aus der Vergangenheit in unser Haus zu locken. Und als hätten wir einen direkten Draht zum Jenseits, zieht sich am Abend der Premiere genau in dem Augenblick der Himmel zu, als das gebannte Publikum bereits Platz genommen hat und auf den Beginn der Veranstaltung wartet. Ein heftiges Gewitter zieht über das Haus, und gleich darauf eröffnet Camilla das Spiel. Es donnert und blitzt, als Mozart die Bühne betritt. Constanze tastet nach der Schachtel, schnappt sich einen Schokokuss und schiebt sich das Ding in den Rachen. Mit verschmiertem Mund und verklebter Zunge spricht sie tapfer und erstaunlich unbeirrt ihren Monolog, und sie macht es wunderbar. Sie spielt Constanze gleichermaßen zu Tode gelangweilt, verführerisch - und mit einer komischen Note. Mozart gibt dazu den Rüpel und tobt über die Bühne, Da Ponte beeindruckt als charmant scharwenzelnder Italiener.

Kurz und gut: Die Premiere ist großartig. Camilla schmatzt und wird gefeiert.

**5**

Während ich im Büro unsere Programmplanung für die kommenden Monate sichte, um zu überprüfen, ob uns noch irgendwelche Informationen oder Pressefotos fehlen, klingelt das Telefon. Eine Agentin aus München meldet sich, die ich nicht kenne. Mit der Routine einer Verkäuferin redet sie auf mich ein, und mit der gleichen Routine recherchiere ich parallel am PC, mit wem ich es zu tun habe. Auf der Website ihrer Agentur entdecke ich, dass die Dame einige namhafte Musiker betreut. Was will sie von uns, überlege ich. Sie wird doch herausbekommen haben, dass wir bloß in einer kleinen Stadt für ein noch kleineres Haus verantwortlich sind. Bei uns ist nichts zu holen. Kein Geld, kein Ruhm, nicht einmal eine große Schlagzeile.

„Ich habe einen jungen, sehr begabten Pianisten unter Vertrag genommen", erklärt sie mir in ruhigem Ton. „Er hat eine Einladung zu einem Klavierabend in Hamburg bekommen, und wir suchen im Umland ein

Anschlusskonzert für ihn, damit sich der Aufwand einer Reise in den Norden lohnt."

Ich frage nach seinem Namen.

„Vadim Kartushov", antwortet die Agentin. „Er kommt aus der Ukraine, hat aber hier in Deutschland sein Masterstudium absolviert. Mit Auszeichnung. – Erst kürzlich gab er im Kammermusiksaal der Berliner Philharmonie sein Debüt, das von Deutschlandradio Kultur aufgezeichnet wurde."

„Und wie kommen Sie auf uns?", will ich wissen.

„Oh, ich bin im Internet auf Ihr Haus gestoßen. Sie besitzen doch einen Flügel, oder?"

„Ja, wir haben regelmäßig kleine Konzerte bei uns im Haus."

„Sehen Sie", reagiert die Dame mit gespielter Erleichterung.

Natürlich werde ich nicht lange überlegen. Ich möchte nur nicht den Eindruck erwecken, dass bei uns der pawlowsche Reflex ausgelöst wird, wenn wir die Worte *Berliner Philharmonie* oder *Deutschlandradio Kultur* hören. Wir haben schließlich auch unseren Stolz. Einen jungen Pianisten mit diesem Background zu uns in die kleine Stadt zu holen, ist eigentlich aussichtslos. Unbezahlbar für ein Haus wie das unsere. Ein solches Engagement bekommen wir nur mit etwas Glück und eben als Anschlusskonzert im Rahmen einer Gastspielreise durch umliegende Metropolen. So kann ich den Preis sogar noch etwas drücken. Und sage zu. Als ich dann erfahre, dass das Konzert schon in einer Woche stattfinden soll, wird mir klar: Wir waren die letzte Hoffnung der Agentin.

Auf dem Weg heimwärts erblicke ich am Abend wieder den alten Citroën vor unserem Haus und kurz darauf erwartungsgemäß Mona in unserem Wohnzimmer. Wahrscheinlich macht sie Simon wieder ein Angebot, das er nicht ablehnen kann, kommt mir in den Sinn, als ich die beiden im intensiven Gespräch auf dem Sofa sitzen sehe. Als sie mich wahrnehmen, verstummt die Diskussion augenblicklich.

„Na?", frage ich gereizt. „Konspiratives Treffen? Frische Kerzenleuchter? Oder wird eine neue Ladung mit Holzkugeln erwartet?"

„Im Zentrum von Hamburg sind ein paar Räume zu vermieten", verrät Simon.

„Na, und?"

„Ich wundere mich, dass Simon tatsächlich noch nie darüber nachgedacht hat, mit seinen Objekten einen Laden zu eröffnen", mischt Mona sich ein.

„Ja, da wundert man sich", bestätige ich mit einem ironischen Unterton.

„Die Objekte kommen bestens bei den Leuten an. Wir haben immer wieder Anfragen, wo man das Zeug käuflich erwerben kann."

Simon schweigt, schaut aber sehr nachdenklich.

„Wir könnten den Laden dann in unserer Zeitschrift ausführlich vorstellen", fährt Mona fort und schaut wieder zu Simon hinüber. „Das wäre eine wunderbare Werbung für dich."

„Was meinst *du*?", fragt mich Simon.

„Denkst du ernsthaft darüber nach?" Ich fasse es nicht. „Mal ganz abgesehen davon, dass mir von Anfang an unerklärlich war, wieso du deine Zeit mit Basteln verbringst: Wir leben mittlerweile 100 Kilometer von Hamburg entfernt."

„Die Räume liegen an einer belebten Straße, die viel Laufkundschaft verspricht", fährt Mona unbeirrt fort. „Der vordere Bereich mit rund 50 Quadratmetern wäre ein idealer Showroom, und im hinteren Teil des Ladengeschäfts könnte man eine kleine Werkstatt mit Teeküche einrichten. Die Miete ist zudem akzeptabel."

„Ich kann mir den Laden ja mal anschauen", entfährt es Simon.

Ich zucke mit den Schultern. „Mach was du willst", sage ich und denke an den unfertigen Prometheus.

„Du willst also wieder in die Großstadt ziehen?", frage ich Simon, nachdem Mona sich von uns verabschiedet hat.

„Nein", antwortet Simon, und sein *Nein* klingt leider ein wenig zu nachdenklich.

„Warum willst du dir den Laden dann überhaupt ansehen? Und die Malerei? Und was wird aus unserer Beziehung, wenn du nach Hamburg gehst? Erträgst du es hier in der Provinz nicht mehr?" Zu viele Fragen auf einmal, ich weiß.

„Ich fühle mich bedrängt", gesteht Simon.

„Von mir?", frage ich. „Wieso nicht von Mona? *Das* würde ich verstehen."

„Warum muss ich denn unbedingt malen?"

„Du *musst* nicht unbedingt malen."

„Nur weil du eine Galerie führst?"

„Ich dachte, die Malerei sei dir wichtig."

„Mir macht die Arbeit für die Zeitschrift Spaß. Und ich genieße den Erfolg."

„Aber du kannst auch mit deiner Malerei erfolgreich sein."

„Wie oft kannst du mich in deiner Galerie ausstellen? Alle drei Jahre?"

„Na ja…"

„Und was mache in der Zwischenzeit? Du hast deine Arbeit im *Kulturwerk*, aber was mache ich hier in diesem Kaff?"

*Kaff* hat er gesagt, denke ich.

„Was mache ich hier in der Zwischenzeit?", wiederholt er.

„Malen."

„Wozu?"

„Simon …! Was ist denn das für eine Frage? Bemühe dich endlich um Ausstellungsmöglichkeiten in anderen Galerien."

„Ich fahre nach Hamburg und schau mir den Laden zumindest an."

Dann wird es still.

Simon fährt an dem Tag nach Hamburg, an dem Hannah und ich den ukrainischen Pianisten erwarten. Und da ich am Abend wegen des Konzertes sowieso nicht zuhause sein kann, hat sich Simon entschlossen, nach der Besichtigung des Ladens bei einer Freundin in Hamburg zu übernachten. Ich habe also alle Zeit der Welt, um mich der Organisation der Veranstaltung zu widmen.

Es war nicht leicht, der örtlichen Presse zu vermitteln, dass es sich bei dem angekündigten Konzert um einen besonders hochkarätigen Abend handelt. Einen jungen Pianisten, der sein Masterstudium mit Auszeichnung absolviert und sein Debüt in der Berliner Philharmonie gegeben hat, erlebt eine Stadt wie diese nicht alle Tage.

„Und wie soll der heißen?", fragte Frau Quecke, die zuständige Redakteurin.

„Vadim Kartushov."

„Nie gehört."

Hat sie denn jemals auch nur von Igor Levit gehört, frage ich mich. Oder wenigstens von Friedrich Gulda? Das hiesige Publikum erweist sich da schon als respektvoller und auch dankbarer, was unser kulturelles Angebot betrifft.

„Wie schaffen Sie es immer nur, diese wunderbaren Künstler in unsere kleine Stadt zu holen?", fragte mich letztes Mal eine ältere Dame, die regelmäßig unsere Kammermusikabende besucht. Und diese Frage habe ich in diversen Variationen schon öfter gehört.

„Eines kann ich Ihnen versichern", antworte ich dann gern mit einem freundlichen Lächeln: „Sie kommen freiwillig."

Die Karten für den Abend sind komplett verkauft. Schubert, Beethoven, Chopin und Rachmaninoff stehen auf dem Programm. Der Flügel wurde nachmittags nochmal gestimmt, und um 18:25 Uhr soll der junge Künstler am Bahnhof eintreffen. Am Bahnhof im zehn Kilometer entfernten Nachbarort, denn unsere Stadt besitzt schon lange keinen eigenen Bahnhof mehr. Wir bieten also einen Shuttle-Service, das heißt, ich hole unsere Gäste, die per Zug anreisen, mit dem Auto ab.

Als ich zu den Gleisen hochlaufe, sehe ich den Zug gerade wieder abfahren. Ich schaue auf die Uhr. 18:27 Uhr. Überraschend pünktlich. Herr Kartushov müsste also bereits auf dem Bahnsteig stehen und auf mich warten. Tut er aber nicht. Etwas ratlos blicke ich die leeren Gleise entlang in die Ferne. Einen Augenblick später meldet mein Mobiltelefon eine neue Textnachricht. Sie kommt von dem Pianisten, der mir bedauernd, aber mit fröhlichem Unterton mitteilt, dass er im Zug eingeschlafen sei und den Ausstieg verpasst habe. Er sei nun auf dem Weg nach Sylt. Dann versichert er mir, dass er den Zug selbstverständlich beim nächsten Halt verlassen, die Rückfahrt anzutreten und - wie vereinbart – mit mir zum Veranstaltungsort fahren wird.

Ich schaue auf der Informationstafel nach den nächsten Zugverbindungen und lese, dass der betreffende Zug aus Sylt planmäßig um 19:50 Uhr in diesem Bahnhof einlaufen soll. Zehn Minuten vor Konzertbeginn. Na prima.


Etwas gestresst fahre ich zurück ins *Kulturwerk*, wo Hannah bereits die ersten Gäste des Abends begrüßt.

„Wo ist unser junges Genie?", fragt sie mich, als sie bemerkt, dass ich ohne Begleitung auftauche. Ich erkläre Hannah die Situation. Sie sieht auf die Uhr und zieht mit leichten Anzeichen des Zweifels ihre Augenbrauen hoch.

„Ich weiß, das wird knapp", gestehe ich. „Hoffen wir, dass der Zug pünktlich ist. Ich werde rechtzeitig wieder losfahren."

„Wann soll sich der junge Mann denn einspielen, wenn er noch gar nicht eingetroffen ist?", fragt ein älterer Herr, der gerade seine Eintrittskarte entgegengenommen und unser Gespräch mitgehört hat. „Na, *das* kann ja was werden ...!"

„Wir haben alles unter Kontrolle", beruhige ich den Herrn mit einem gequälten Lächeln.

Werden wir eigentlich nicht ernst genommen, weil unser Haus jenseits jeglicher Metropole steht, frage ich mich. Oder ist dieser ukrainische Pianist ein täppisches Kind, das gut gelaunt selbst die größten Konzerthäuser zur Verzweiflung bringt? Wie konnte er dann den Abend in der Berliner Philharmonie unbeschadet überstehen? Oder sollte ich einfach deutlich entspannter mit solch haarsträubenden Situationen umgehen? Künstler sind halt so ...? Am liebsten würde ich mir die Haare raufen, doch das schadet der Frisur.

„Ich fahre gleich wieder los", rufe ich Hannah schließlich zu. „Das Warten hier macht mich nervös."

Hannah nickt und widmet sich weiter den eintreffenden Gästen.

Als ich erneut am Bahnhof stehe, ist es 19:45 Uhr. Der Zug soll pünktlich sein, verspricht mir die Anzeigetafel. Und so ist es dann auch. Ein paar Minuten später steigt ein offensichtlich völlig entspannter Vadim Kartushov aus einem der Waggons und kommt mir lächelnd entgegen.

„Ich war eingeschlafen. Aber jetzt bin ich ja da", freut er sich. „Meinetwegen kann es gleich losgehen."

Im *Kulturwerk* eingetroffen, schmeißt der junge Mann, nachdem er Hannah begrüßt hat, seine Reisetasche in die Garderobe und eilt in den Saal, wo bereits die Gäste auf den Beginn des Konzertes warten. Vadim Kartushov verbeugt sich einmal kurz, nimmt freundlich den ersten Applaus entgegen, setzt sich ans Klavier und beginnt zu spielen.

Unglaublich. Nach einer mehrstündigen Zugreise vom Bahnhof direkt ans Klavier. Keine Probe, kein Einspielen; nicht einmal in die obligatorische schwarze

Hose mit dem weißen Hemd hat er sich werfen können. Jeans und Pulli müssen nun genügen, und mir
fallen die Worte des älteren Herrn wieder ein, der mein
Gespräch mit Hannah belauscht hat: *Na, das kann ja was
werden ...!* Doch schon nach wenigen Minuten ist klar,
dass alle Bedenken unnötig waren. Der junge Mann
spielt großartig, einfühlsam und pointiert. Es wird ein
denkwürdiger, gefeierter Abend mit drei Zugaben.
Und Vadim Kartushov freut sich wie ein kleines Kind
über die Bravo-Rufe.

Am nächsten Morgen kehrt Simon aus Hamburg zurück. In unserem Haus ist erwartungsgemäß ziemlich
dicke Luft.

„Willst du gar nicht wissen, wie es war?", fragt er
mich schließlich kleinlaut.

„Ja, doch. Klar. Schieß los!", antworte ich.

„Also, der Laden hat wirklich Charme", beginnt Simon. „Er ist nicht besonders groß, aber die Räume haben hohe Decken und Stuckverzierungen. Und es gibt
ein großes Schaufenster, das viel Licht hereinlässt. Es
ist insgesamt sehr hell und freundlich. Und die Vermie-
terin scheint auch ziemlich nett zu sein. Sie ist eine
Freundin von Mona."

„Klingt ja alles toll", sage ich und fühle mich überhaupt nicht wohl dabei.

Und dann erzählt Simon, dass Mona ihm den Kontakt zu einer Talk-Show im Regionalfernsehen vermit-
telt hat. Er soll als Gast in die Sendung eingeladen
werden, um einige seiner Objekte und die mögliche
Geschäftsidee vorzustellen.

„Publicity ist immer gut", kommentiere ich demonstrativ unbeeindruckt. „Aber du solltest die Gelegenheit nutzen und einige deiner Bilder mitnehmen."

„Das geht doch nicht."

„Und wenn du etwas Originelles daraus bastelst?", frage ich. „Frühstücksbretter zum Beispiel."

Simon ignoriert meine spitze Bemerkung.

„Würdest du mich begleiten?", bittet er fast zärtlich. „Ich will da nicht allein hin. Ich brauche deinen Beistand."

Er war schon immer scheu, was öffentliche Aufmerksamkeit betrifft. Und zugegeben: Es rührt mich, dass er fragt. Ich nicke. Simon strahlt.

Am Tag der geplanten Sendung fahren wir bereits am späten Nachmittag gemeinsam Richtung Hamburg. Es wird schon dunkel, als wir in die Straße einbiegen, in der der große gläserne Pavillon steht, aus dem die Talk-Show live übertragen wird. Das grelle Scheinwerferlicht, das durch die transparenten Wände nach außen dringt, lässt das Gebäude wie ein Ufo aussehen, das zwischen den Wohnhäusern gelandet ist.

„Da gehe ich nicht rein", entfährt es Simon.

„Nur Mut", entgegne ich. „Die Aliens vom Fernsehen haben bestimmt friedliche Absichten."

„Bist du dir da so sicher?"

Selbstverständlich gehen wir dann doch hinein, und nachdem wir uns zu erkennen gegeben haben, werden wir freundlich in Empfang genommen. Ein junger Mann zeigt Simon den Weg zum Maskenbildner, und da entdecke ich den Bürgermeister und einen bekannten Comedian, die beide offensichtlich ebenfalls zu den geladenen Gästen gehören und gemeinsam mit Simon in den Kulissen verschwinden. Ich setze mich zwischen die Zuschauer und beobachte, wie ein Mitarbeiter der Sendung in einer Nische des Raumes die Objekte von Simon arrangiert.

Fünf Minuten bekommt er, um sich den Fragen der Moderatorin zu stellen. Das ist sehr wenig, wie ich finde, aber auch Bürgermeister und Comedian werden nicht mehr Zeit eingeräumt. Die Moderatorin scheint sehr aufgeregt zu sein. Aufgeregter als Simon. Der zum Herrenwandschrank mutierte Geigenkasten wird vorgestellt, inklusive Krawatte und einer Mini-Hantel, die Simon auf einem Flohmarkt entdeckt hatte. Und über die drei Gabeln wird gelacht, die an ihren Zinken verbogen, gegeneinandergestellt und mit Draht umwickelt wurden. Ein origineller Kerzenhalter, 925 Sterlingsilber, poliert. Simon macht seine Sache gut. Dem Publikum gefällt's. Mich gruselt's ein wenig.

„Und Sie wollen nun hier in der Stadt einen Laden eröffnen?", fragt die Moderatorin endlich, während sie kurz nervös zu ihrem Kollegen hinüberschaut, der mit dem Bürgermeister schon auf seinen Einsatz wartet.

„Mal sehen", antwortet Simon.

„Tja, meine Damen und Herren", lächelt die Moderatorin in die Kamera. „Dann lassen wir uns mal überraschen und wünschen unserem Gast alles Gute."

Die Tage danach erreichen Simon viele Anrufe und Mails. Der Auftritt in der Talk-Show zeigt Wirkung, aber ich vertraue darauf, dass doch noch alles anders kommen wird. Mir fällt dabei ein Satz von Karl Valentin ein: *Hoffentlich wird es nicht so schlimm, wie es schon ist.*

## 6

„Hallo? Spreche ich mit Herrn Klotz?", frage ich.

„Ja. Philipp Klotz hier."

„Sorry", entschuldige ich mich. „Es ist schon einige Zeit her, dass wir miteinander telefoniert haben. Ich habe Ihre Stimme nicht gleich erkannt."

Philipp Klotz ist der Künstler, der mit seinen Bildern die nächste Ausstellung in unserem *Kulturwerk* bestreiten soll. Der Termin wurde bereits vor mehr als einem Jahr festgelegt, wie üblich. Jetzt geht es um die konkrete Abwicklung, die ich mit ihm am Telefon besprechen möchte.

„Es wäre schön, wenn wir Ihre Arbeiten eine Woche vor Eröffnung der Ausstellung im Haus hätten", sage ich.

„Da sehe ich kein Problem", beruhigt mich Philipp Klotz.

Wir vereinbaren, dass er die Bilder selbst transportiert und am Montagmorgen anliefert. Er möchte dann vor Ort bleiben, wie er mir erklärt, tagsüber beim Einrichten der Ausstellung unbedingt anwesend sein und erst am späten Abend wieder den Heimweg antreten.

„Das sollte ebenfalls kein Problem sein", erwidere ich, und wir versichern uns gegenseitig, dass wir uns auf die Zusammenarbeit freuen. Tatsächlich aber kann ich es nicht ausstehen, wenn die Künstler meinen, mir beim Hängen der Ausstellung Tipps geben zu müssen. Es verzögert den Ablauf unnötig.

Hannah kommt herein, als ich mich am Telefon gerade von Herrn Klotz verabschiede.

„Mit wem hast du telefoniert?", fragt sie. „Es klang so… seriös."

„Philipp Klotz", antworte ich. „Der Künstler, der ab nächster Woche hier ausstellt. Er ist tatsächlich ein wenig sperrig."

„Das war nicht zu überhören."

„Ich glaube, er hat keinen Humor. Er wirkt immer so angespannt. Und außerdem irritiert mich seine extreme Ernährungsweise."

„Inwiefern?" Hannah kräuselt die Stirn. „Isst er nur Schneeglöckchen?"

„Er isst überhaupt keine Pflanzen", entgegne ich, während ich am PC die Website von Philipp Klotz aufrufe. „Als wir das erste Mal telefoniert haben, hat er mir einen langen Vortrag darüber gehalten, wie gesundheitsschädlich das ist. Er meint, Pflanzen greifen unser Immunsystem an."

„Auch Schneeglöckchen?"

„Im Ernst. Obst und Gemüse würden Diabetes, Arthritis und Rheuma begünstigen."

„Eine interessante Theorie."

„Alles durch amerikanische Studien belegt. Sagt Herr Klotz."

„Ich glaube, man kann mit Studien *alles* belegen. – Ist dir übrigens schon mal aufgefallen, dass du immer nur Männer ausstellst?", wechselt Hannah das Thema.

„Was?" Ich bin irritiert.

„Stell doch auch mal Frauen aus."

„Ich stelle keine Männer aus", antworte ich. „Und ich stelle auch keine Frauen aus. Ich stelle Kunstwerke aus. Qualitativ hochwertige Kunstwerke. Und da ist es mir egal, ob die männlich oder weiblich sind."

„Wenn du damit andeuten willst, es gäbe keine guten Künstlerinnen ..."

„Natürlich nicht", unterbreche ich Hannah. „Ich habe doch auch welche im Programm. Lisa zum Beispiel. Die mit ihren menschlichen Körperteilen aus Keramik. – Und Leonore ..."

„Leonore?"

„Die mit den Arbeiten aus Bitumen, Asche und Eisenoxid, die gerade den Termin verschoben hat. Und Irene Klove."

„Irene macht Hausfrauenkunst."

„Nein, sie setzt sich mit der Welt auseinander, in der Frauen traditionell immer noch gesehen werden. Und das ironisiert sie in ihrer Arbeit."

Auf der Website von Philipp Klotz entdecke ich einige seiner neuen Werke. Eine Serie mit blutrünstigen Kampfhunden, die er in seinem gewohnt nachlässigen Stil auf die Leinwand gebracht hat. Roh und skizzenhaft, doch mit kräftigen, erdigen Farben. Ich beschließe, ihm eine Mail zu schicken, in der ich ihn bitten möchte, diese Serie mit den Hunden unbedingt mitzubringen. Mir kommen dabei die Schneeglöckchen wieder in den Sinn, die Hannah gerade erwähnt hat, und ich muss grinsen.

„Was grinst du so blöd?", fragt Hannah.

„Betrifft nicht dich", tröste ich sie.

Mittags treffe ich mich mit Simon auf dem Wochenmarkt hinter der Kirche. Es ist ein *kleiner* Wochenmarkt, nicht annähernd vergleichbar mit denen, die wir in Hamburg früher so geliebt haben. Es gibt knackigen Lauch und Feldsalat, aber leider keine frische Pasta, keinen Serrano-Schinken und auch keinen Brie de Meaux. Wir haben die Erfahrung gemacht, dass der Mensch auch ohne internationale Spezialitäten überleben kann.

„Ich dachte, ich mache uns heute Abend Orecchiette mit frischen Venusmuscheln", flötet Simon, während er mit gerecktem Hals seinen Blick an den Marktständen entlangstreifen lässt.

„Warum führt uns eigentlich jedes Gespräch geradezu zwangsläufig in eine Diskussion über die Nachteile des Lebens in der Provinz?", frage ich gereizt.

„Ich habe nur über unser mögliches Abendessen reden wollen", verteidigt sich Simon.

„Ja, sicher. Und du weißt genau, dass frische Venusmuscheln nicht zum Standardsortiment der hiesigen Händler gehören. Und im Supermarkt bekommst du wahrscheinlich auch keine Orecchiette."

„Was kann ich denn dafür, dass man hier bei jedem stilvollen Vorhaben, das man plant, immer gleich an seine Grenzen stößt." Simon ist beleidigt. Er habe in dem Augenblick nicht daran gedacht, rechtfertigt er sich kleinlaut. Er sei nun mal ein Großstadtmensch. Das könne man nicht einfach so abschütteln. Schon wieder das Thema, denke ich.

„Wenn du erst mal deinen Laden in Hamburg hast, kannst du so viele Orecchiette mit Venusmuscheln essen, wie du willst. Endlich wieder in einer Stadt, die dich nicht ständig einengt."

„Habe ich mich jemals über unser Leben hier beschwert?"

Nein, das hat er natürlich nicht. Simon zelebriert seine Kritik überaus subtil. Aber unmissverständlich.

„Außerdem habe ich mich noch nicht entschieden, was den Laden betrifft", fügt er hinzu und steuert den Gemüsehändler an. „Ob du es nun glaubst oder nicht: Ich habe diese kleine Stadt lieben gelernt. Ich liebe auch das Angebot unseres Gemüsehändlers. Und *dich* natürlich."

Ich darf also noch hoffen.

Am Montagmorgen stand Philipp Klotz pünktlich um 9 Uhr mit einem Transporter vor der Tür des *Kulturwerks*. Innerhalb einer Stunde hatten wir seine Bilder abgeladen, nach einer weiteren Stunde ausgepackt und reihum an die Wände gestellt. Zu meiner Freude inklusive der blutrünstigen Köter.

Die Motive von Philipp Klotz haben immer etwas Verstörendes. Da zielt ein kleiner Junge mit einem Revolver eiskalt auf sein Gegenüber: den Betrachter des Bildes. Im Regal eines Supermarktes sind staubbedeckte Totenköpfe nebeneinander aufgereiht. Ein alter Mann schleicht auf allen Vieren durch Nebelschwaden und scheint bereits seinen Kopf verloren zu haben.

„An den weißen Wänden sieht das alles ziemlich beschissen aus", höre ich Philipp Klotz plötzlich meckern.

„Was ist falsch an weißen Wänden?", frage ich ihn.

„Alles", reagiert er sofort. „Die müssten dunkelrot sein. Oder wenigstens dunkelgrün."

„Sie wussten, dass unsere Wände weiß sind."

„Ja. Ist aber trotzdem scheiße."

Ich versuche, seinen Missmut zu ignorieren. Die Hunde hängen wir in den Eingangsbereich im vorderen Raum. Philipp Klotz scheint damit nicht recht zufrieden zu sein, widerspricht aber nicht, sondern grummelt nur leise. Die großen Gemälde mit den düsteren Wohnblockarrealen platzieren wir im großen Saal? Von ihm keine Reaktion. Wir kommen gut voran.

„Wieso haben Sie eigentlich keine Assistenten?", jammert er nach einer Weile. „Habe ich noch nicht erlebt, dass man alles selbst hängen muss."

„Sie wollten unbedingt helfen", antworte ich. „Ich hätte das auch allein gemacht."

Dann folgt wieder ein Schweigen, ein stilles Arbeiten. Bilder werden hin- und hergeschoben, Ringösen in die Keilrahmen geschraubt, Leitern abwechselnd von Philipp Klotz und mir hinauf- und hinabgeklettert.

„Hatte ich Ihnen eigentlich erzählt, dass ich Carnetarier bin?", will er plötzlich wissen, als er gerade die Schlaufe eines Perlonseils über den Haken in der Galerieschiene stülpt.

„Carnetarier? Nein. Was ist das?", frage ich ihn.

„Ich ernähre mich ausschließlich carnivor. Das heißt, ich esse nur das, was einmal gelaufen, geschwommen oder geflogen ist."

Ich überlege einen Moment. „Dass Sie kein Gemüse essen, hatten Sie erzählt."

„Ich esse ausschließlich Fleisch", korrigiert er mich. „Sie müssen wissen, dass Gemüse gefährliche Substanzen enthält. Sogenannte Lektine. Damit schützt es sich gegen seine Fressfeinde. Und diese Substanzen sind für unsere Verdauung nicht nur ungeeignet, sie machen uns krank."

Wie aufs Stichwort stürmt Hannah mit einem großen, üppig gefüllten Tablett in den Händen herein.

„Mittagspause, Jungs. Ich habe uns leckere Käsebrötchen besorgt."

Wir setzen uns an den improvisierten Tisch in der Mitte des Raumes. Hannah stellt das Tablett ab und läuft wieder hinaus, kommt aber einen Augenblick später mit zwei großen Wasserflaschen zurück. Dann greift sie sich einen Stuhl und gesellt sich dazu.

Ich schnappe mir ein Käsebrötchen, das mit Tomate und Gurke garniert ist.

„Tomate und Gurke zum Beispiel gehen gar nicht, oder?", frage ich mit Blick in Richtung Philipp Klotz.

„Wie? Kein Grünzeug?", stutzt Hannah.

Philipp Klotz angelt wortlos eine kleine Plastikdose aus seiner Tasche. Als er sie öffnet, entdecke ich ein Bündel dunkelbrauner, schrumpeliger Lederstreifen.

„Das ist Beef Jerky", klärt uns der Fleischfresser auf, der unsere fragenden Blicke sofort registriert, ja, geradezu erwartet hat. „In dünne Streifen geschnittenes Rindfleisch, das ich im Ofen getrocknet habe. Sehr gesund."

„Herr Klotz ist Carnetarier", erkläre ich Hannah und beiße genussvoll in mein Käsebrötchen.

„Carnetarier?"

„Ich esse ausschließlich tierische Produkte."

„Überhaupt kein Gemüse? Kein Obst?", fragt Hannah, und ich muss schon wieder an die Schneeglöckchen denken.

„Fleisch enthält alle wichtigen Nährstoffe, die der Mensch braucht. Es liefert ausreichend Proteine für den Muskelaufbau, und auch alle wichtigen Mineralstoffe und Vitamine sind damit größtenteils abgedeckt."

„Und Vitamin C?", will Hannah wissen.

„Wenn wir keine Kohlenhydrate zu uns nehmen, brauchen wir auch nicht so viel Vitamin C."

„Keine Äpfel? Keine Tomaten? Nicht einmal Erdbeeren?", überlegt Hannah. „Das wäre einfach kein Leben."

„Probieren Sie doch mal", fordert er uns auf und hält mir die Plastikdose entgegen.

Ich lehne dankend ab, und Philipp Klotz greift wieder selbst in die Dose mit dem Trockenfleisch.

„Wenn Sie mit Ihren Artgenossen zum Beispiel einen Grillabend veranstalten ...", kommt Hannah in den Sinn. „Gibt es dazu dann nicht mal einen frischen Salat?"

Philipp Klotz reagiert nicht.

„Okay, einen Fleischsalat vielleicht", fällt Hannah ein, und ihr Tonfall wird bissiger. „Das Baguette ist dann wahrscheinlich aus Knochenmehl, und dazu trinkt ihr eine Wurstwasserbrause, oder?"

Philipp Klotz knabbert mit bitterer Miene weiterhin an seinen Rindfleischstreifen und schweigt.

„Hannah ist Vegetarierin", erkläre ich ihm.

Sie lässt nicht locker.

„Gehören Sie womöglich zu den *militanten* Zeitgenossen Ihrer Spezies?", kläfft sie. „Waren Sie auch dabei, als eine Bande von euch 25.000 Zuchttomatenstauden aus einem Gewächshaus in der Nähe von Den Haag befreit hat? Eine dolle Sache!"

Den Rest des Tages redet Philipp Klotz kaum noch mit mir. Hannah verschwindet wieder im Büro, und wir hängen die restlichen Bilder auf. Am frühen Abend verabschiedet er sich, bleibt dabei auffallend distanziert und steigt wieder in seinen Transporter.

„Dann bis nächsten Sonntag zur Vernissage", rufe ich ihm noch hinterher, und er winkt kurz ein letztes Mal, ohne sich dabei nach mir umzudrehen.

Die teils brutale Stimmung in den Gemälden, das Rohe und Unfertige passt zu Philipp Klotz, überlege ich. Wie würde er wohl malen, wenn er ausschließlich Obst und Gemüse essen würde? Oder wenigstens mal ein Schneeglöckchen.


„Hast du die Mail von dem jungen Cellisten gelesen, der Ende des Monats bei uns auftreten soll?", fragt mich Hannah, als wir uns am nächsten Vormittag im Büro gegenübersitzen, um ein paar Anfragen von Agenturen zu bearbeiten.

Ich verneine. „Manuel Osterglock oder so, richtig?"

„Manuel Osterdorff", korrigiert mich Hannah. „Er schreibt, er wird in ein paar Monaten sein Studium in New York fortsetzen. Er ist an der Juilliard School angenommen worden. Ist das nicht Wahnsinn?" Hannah ist ganz aufgeregt.

„Und so etwas bei uns im *Kulturwerk*!"

„Wir müssen die Infos unbedingt an die Presse geben", meint Hannah.

„Wir sollten dann aber die Reputation der Schule erklären. Ich glaube nicht, dass unseren Lokalmatadoren die Bedeutung der Juilliard School bewusst ist."

„Ich dachte eher an die überregionale Presse."

Hannah weiß, dass wir damit bislang keine erfreulichen Erfahrungen gemacht haben. Die Damen und Herren von der überregionalen Presse ignorieren uns beharrlich. In der fälschlichen Annahme, dass ihnen in der Provinz niemals mehr als ein müdes Echo aus dem Kulturleben der Metropolen entgegenhallt.

„Dein Simon hat doch jetzt gute Kontakte zum Fernsehen", fällt Hannah ein. „Kann der da nicht etwas drehen?"

„Simon?" Ich muss lachen. „Der hatte *einen* Auftritt in dieser albernen Talk Show."

„Würde uns schon helfen."

„Wenn man nicht der Bürgermeister einer Großstadt oder gefeierter Comedian ist, hat man da keine Chance", erkläre ich Hannah. „Oder du musst wie Simon irgendwas vollkommen Idiotisches machen. Beistelltische aus Klodeckeln basteln zum Beispiel. Oder Kerzenständer aus Dildos."

Hannah bemerkt natürlich, dass ich nicht gerade freundlich gestimmt bin, was Simons aktuelle Beschäftigung betrifft, und dass mir vor allem seine Überlegungen, in Hamburg einen Laden zu eröffnen, Sorgen bereiten. Es ist noch nicht sicher, ich weiß. Aber allein, dass er diesen Ortswechsel in Erwägung zieht, ist schon bedrückend genug. Werden wir zukünftig eine Fernbeziehung führen? Oder will er sich dann womöglich sogar von mir trennen? Und bei diesen Gedankenspielen verlieren wir unseren Cellisten für eine Weile aus den Augen.

## 7

„Schon wieder ein Cellist?", fragt Frau Quecke, die zuständige Redakteurin unserer Lokalzeitung. „Hatten Sie nicht gerade erst einen Cellisten zu Gast?"

„Vor zwei Monaten, ja", antwortet Hannah und rollt mit den Augen. „Aber es ist ein anderer Musiker. Es ist ein anderes Programm. Und: Ja, es ist sogar ein anderes Cello."

„Was wird er denn spielen?", fragt Frau Quecke weiter und sieht jetzt *mich* an.

Ich wiederum blicke daraufhin fragend zu Hannah hinüber.

„Herr Osterdorff wird Cello-Suiten von Johann Sebastian Bach spielen. Außerdem Stücke von Ligeti und Philip Glass", antwortet Hannah und fügt dann stolz hinzu: „Er wird demnächst zur Fortsetzung seines Studiums an die Juilliard School nach New York gehen."

„Das heißt, er ist noch gar kein richtiger Cellist?", stutzt Frau Quecke, und mir kommt dabei in den Sinn, dass wir wieder einmal vergeblich versucht haben, die überregionale Presse in unser Haus zu locken.

„Die Aufnahmeprüfung an der Schule ist sehr anspruchsvoll", erklärt Hannah der Redakteurin. „Ich kenne einen Bewerber, der nicht angenommen wurde, obwohl er ein hervorragender Musiker ist und sich zwei Jahre lang vorbereitet hat."

Während Hannah Frau Quecke von der Bedeutung des kommenden Gastspiels zu überzeugen versucht, betrachtet diese die blutrünstigen Köter von Philipp Klotz und rümpft dabei die Nase.

„Ich kann mich an diese schrecklichen Bilder einfach nicht gewöhnen", sagt sie dann.

„Das ist vielleicht gar kein Qualitätskriterium", antworte ich ihr, doch sie scheint mich nicht zu hören.

„Wer soll sich denn so etwas über sein Sofa hängen? Da welken ja die Geranien."

Der Artikel, der zwei Tage später in der Zeitung erscheint, enthält zumindest alle nötigen Informationen. Der Vorverkauf läuft gut. Es mag an dem wenig verlockenden Programm liegen, das am Veranstaltungstag im Fernsehen geboten wird. Es mag möglicherweise sogar an dem Programm liegen, das Manuel Osterdorff angekündigt hat. Schließlich ist es aber auch nicht völlig undenkbar, dass es daran liegt, dass dieser junge Cellist das Aussehen eines Engels hat. Das Pressefoto war schon vielversprechend, doch als uns der junge Mann dann am frühen Nachmittag des Veranstaltungstages gegenübersteht und freundlich anlächelt, raubt uns das schier den Atem. Er ist äußerst schlank und sehr hochgewachsen, hat ein feines, ebenmäßiges Gesicht, schwarze Locken und schöne Hände. Hannah klebt förmlich mit ihrem Blick an dem jungen Musiker.

„Ein schönes Programm. Eine spannende Mischung. Ich freue mich wirklich sehr auf den Abend", stellt sie anerkennend fest.

„Kennen Sie die Partita Nr. 1 von Philip Glass?", fragt Manuel Osterdorff. „Seine Partiten stehen ja ganz in der Tradition von Bachs Cello-Suiten. Während die Sonate von Ligeti folkloristische Anklänge hat."

„Ligeti ist einer meiner Lieblingskomponisten", antwortet Hannah und fixiert den jungen Cellisten immer noch. „Darf ich Ihnen unseren Konzertsaal zeigen?"

Manuel Osterdorff nickt und folgt Hannah in die hinteren Räume.

Einen Moment später höre ich in der Ferne die ersten Klänge des Cellos. Unser junger Musiker scheint sofort mit den Proben begonnen zu haben, und Hannah kehrt zurück.

„Hast du ihn dir angesehen?", fragt sie mich.

„Das ließ sich kaum vermeiden."

„Er sieht aus ..."

„Wie ein Engel, ich weiß", unterbreche ich sie. „Ich habe ihn mir angesehen."

„Er ist ..."

„... ein Schöngeist", ergänze ich.

„Genau", bestätigt Hannah, zufrieden darüber, dass ich mit ihr einer Meinung zu sein scheine. „Denkst du, dass er schwul ist?"

Ich zucke die Schultern. „Gibt es schwule Engel?"

Hannah ignoriert meine Bemerkung. „Ich glaube aber nicht", spricht sie sich im nächsten Augenblick selbst Mut zu.

„Er ist noch sehr jung", gebe ich zu bedenken, als könnte ich Hannahs Gedanken lesen.

„Das ändert sich mit der Zeit", erwidert sie leicht zickig.

„Gewiss. Und zwar für uns alle gleichermaßen."

Wir gehen dann am PC noch einmal die Kartenreservierungen durch und stellen beim Aufrufen der Online-Verkäufe überrascht fest, dass wir fast ausgebucht sind. Wir bieten den Kartenverkauf über das Internet erst seit zwei Monaten an, und es dauert offensichtlich einige Zeit, bis die Menschen ein verändertes Angebot auch wahrnehmen und nutzen. Allmählich aber mehren sich die Kartenverkäufe über das Internet.

„Kommt Simon denn heute Abend auch?", will Hannah wissen.

„Er war sich heute Morgen noch nicht sicher", sage ich.

„Bei uns im *Kulturwerk* hat er sich die letzte Zeit ziemlich rar gemacht, finde ich."

Ich gebe Hannah recht. „Du weißt doch: Er hadert ein wenig mit der aktuellen Situation."

„Fühlt er sich denn hier nicht mehr wohl?"

„Ich denke, ihm fehlt eine Aufgabe. Etwas, das ihn hier vor Ort einbindet. *Wir* haben unser Kulturhaus, aber Simon ...?"

„Vielleicht können wir da etwas nachhelfen?", überlegt Hannah.

„Hast du denn eine Idee?"

„Wie wäre es mit einer Malschule?", schlägt sie vor. „Wir könnten hier im *Kulturwerk* Malunterricht anbieten, und Simon würde die Leitung übernehmen. Dann hätte er etwas Sinnvolles zu tun."

„Glaubst du, dass hier in der Gegend irgendjemand daran Interesse haben könnte, Malunterricht zu nehmen?", frage ich.

„Das werden wir dann ja sehen."

Das Cello verstummt, und einen Moment später taucht unser engelhafter Cellist wieder auf.

„Alles zu Ihrer Zufriedenheit?", fragt Hannah mit einem Lächeln.

„Ja, danke", antwortet Manuel Osterdorff. „Ich würde jetzt gern ins Hotel gehen und mich bis zum Abend ein wenig ausruhen."

Hannah erklärt ihm, dass er das Hotel direkt gegenüber auf der anderen Straßenseite findet. Er bedankt sich, kehrt uns mit seinem Cello im Arm den Rücken und verlässt das Haus.

„Ein toller Mann!", schwärmt Hannah wieder.

Ein paar Stunden später treffen die ersten Gäste ein, während der Künstler noch auf sich warten lässt. Hannah sitzt an der Kasse, und ich kümmere mich um die Getränkewünsche unserer Besucher. Es sind auffallend viele junge Mädchen, die ins Haus strömen. Das ist gerade bei einem Abend mit klassischer Musik sehr ungewöhnlich. Zumal, wenn Komponisten wie Ligeti auf dem Programm stehen.

Als ich einen Blick in den großen Saal werfe, sehe ich, dass sich die jungen Mädchen alle in die erste Reihe gesetzt haben. Ebenso ungewöhnlich. Bei uns herrscht zwar grundsätzlich freie Platzwahl, die erste Reihe wird allerdings meistens nur genutzt, wenn keine anderen Plätze mehr frei sind. Die Leute haben schreckliche Angst, während der Vorstellung auf die Bühne gerufen zu werden und sich zu blamieren.

Auf meinem Weg zurück zum Empfang kommt mir dann unser Cellist entgegen, der sein schwarzes Hemd lässig über der ebenfalls schwarzen Hose trägt. Er lächelt mich an, und aus den Augenwinkeln sehe ich, wie Hannah uns fast etwas eifersüchtig beobachtet. Dann führe ich Manuel Osterdorff in seine Garderobe, wo ein kleines Catering auf ihn wartet, das Hannah liebevoll zusammengestellt hat. Baguette, Käse, Weintrauben und etwas Schokolade. Dazu natürlich stilles Wasser. Das Standardgetränk aller Künstler vor Beginn der Vorstellung.

Zehn Minuten später sitzen alle Gäste auf ihren Plätzen. Simon ist leider nicht mehr aufgetaucht. Ich hole unseren Musiker aus der Garderobe. Er betritt die Bühne, wird mit Applaus begrüßt und setzt sich auf den für ihn vorgesehenen Stuhl. Dann platziert er das Cello zwischen seinen Beinen und beginnt mit dem Prélude aus der ersten Suite von Bach. Ich habe meinen Platz am äußeren Rand in der dritten Reihe eingenommen und erfreue mich nicht nur an der Musik, sondern auch an den feucht glänzenden Augen der jungen Mädchen, die gebannt auf den musizierenden Engel starren. So viel Entzücken für die Barockmusik? Oder gelten die schmachtenden Blicke nicht doch vor allem dem jungen Cellisten? Auch die Kompositionen von Ligeti und Philip Glass, die Manuel Osterdorff nach der Pause spielt, überstehen die jungen Fans tapfer. Erstaunlich, welch Durchhaltevermögen und Überlebenswillen liebeshungrige Teenager entwickeln können, wenn ihnen ein geeignetes Subjekt der Begierde vor die Nase gesetzt wird.

Am Ende des Konzertes legt Manuel Osterdorff zwei Zugaben nach, wird enthusiastisch gefeiert, und die Besucher – zum Glück auch die jungen Mädchen - verlassen mit federnden Schritten das Haus.

Anschließend sitze ich mit Hannah und Manuel Osterdorff noch in der Garderobe. Wir trinken zusammen einen Wein und stoßen auf den gelungenen Abend an.

„Wann gehst du denn nach New York?", will Hannah wissen.

„In zwei Monaten ist es soweit", antwortet Manuel, der uns inzwischen das Du angeboten hat.

„Allein?"

„Ja, aber ich denke, ich werde an der Schule eine Menge neuer Leute kennenlernen."

„Gibt es keine Freundin?", hakt Hannah nach.

„Nein, momentan nicht", antwortet Manuel. „Mit einer Beziehung ist es nicht so einfach. Ich bin ja ständig auf Konzertreisen."

„Jemand wie du braucht eine Frau, die akzeptiert, dass die Musik immer das Wichtigste in deinem Leben sein wird. Die selbstbewusst genug ist, dass sie nicht meint, damit konkurrieren zu müssen. Und wenn sie über genügend Reife und Größe verfügt, dann kommt sie damit klar."

Ich sehe Hannah verdutzt an.

Manuel nickt, wirft ihr einen sehr langen Blick zu und lächelt. Täusche ich mich oder wird er ein wenig rot? Für ein paar Minuten ist es still zwischen uns. Wir nippen an unserem Wein und lassen unsere Blicke versonnen durch den kleinen Raum schweifen, der für diese Stimmung viel zu grell ausgeleuchtet ist.

„Ich finde ja so ein Cello auch unglaublich erotisch", platzt es dann unvermittelt aus Hannah heraus.

„Inwiefern?", fragt Manuel.

Hannah überlegt. „Nun ... – Zum Beispiel, weil man es so fest mit den Beinen umschlingt. Und dann der Ton, der einem durch Mark und Bein geht."

Manuel muss lächeln.

„Isst du die Schokolade noch?", fragt Hannah dann und zeigt auf den Tisch mit dem Catering.

Manuel verneint, und Hannah greift sich ein Stück Zartbitter.

„Wenn ich in ein Konzert gehe", fährt sie dann fort, „finde ich es deshalb auch viel aufregender, wenn ein schöner Mensch auf der Bühne sitzt."

„Ja?"

„Das gehört einfach dazu. Ich meine, das bedeutet natürlich nicht, dass es nicht auch wahnsinnig gute Musiker gibt, die vielleicht weniger attraktiv sind. Und eigentlich geht es ja auch gar nicht um Schönheit…"

„Oh, doch. Es geht um die Schönheit der Musik", antwortet Manuel.

„Wir sollten langsam aufbrechen", schlage ich dann vor. „Manuel muss doch morgen sehr früh abreisen."

Er nickt. „Ja, ich muss mittags unbedingt in Potsdam sein."

Wir erheben uns von den Stühlen und verabschieden uns voneinander.


Als ich ein paar Tage später das Atelier von Simon betrete, entdecke ich zu meiner Überraschung auf seiner Staffelei mitten im Raum den Prometheus.

„Hast du wieder angefangen zu malen?", frage ich ihn.

Simon stöbert in den Schubladen seines Zeichenschranks, der unter dem Fenster steht, und scheint etwas zu suchen.

„Du hast an dem Prometheus weitergearbeitet", hake ich nach.

„Kannst du nicht anklopfen?", sagt er nur, ohne sich zu mir umzusehen.

„Sorry, ich habe mir Sorgen gemacht. Du hockst schon seit Stunden hier in deinem Atelier, und ich höre nichts von dir."

„Ich arbeite."

„Ja, das sehe ich. - Was macht Mona?", will ich wissen.

„Ich werde den Laden in Hamburg nicht mieten", verkündet Simon unvermittelt.

Freude und Erleichterung. Demonstrativ reagiere ich darauf mit einem lauten Juchzen.

Simon bleibt gelassen. „Mona ist natürlich enttäuscht", verrät er. „Aber in letzter Zeit werden ihre Vorschläge für neue Themen einfach immer abstruser."

„Beistelltische aus Klodeckeln?"

„Was? - Nein ...!"

„Aber du malst wieder?"

Simon nickt, und ich nutze die Gelegenheit, ihm ein paar Ideen für neue Bilder in den Kopf zu setzen. Er könnte sich doch die drei Hexen von *Macbeth* und ihre Prophezeiung vornehmen. Der quirlige Puck aus dem *Sommernachtstraum* würde sich auch gut machen. Oder Orpheus, der auf der Suche nach Eurydike in den Hades hinabsteigt.

„Darf ich mich jetzt erstmal um meinen Prometheus kümmern?", bittet Simon leicht genervt.

„Alles, was du willst, mein Schatz", antworte ich. „Wenn du nur wieder malst und mich hier auf dem Land nicht allein lässt."

Beglückt ziehe ich mich zurück und mache mich endlich an die letzten Vorbereitungen für die Vernissage von Philipp Klotz. Die Beschilderung muss noch angefertigt werden, und auch meine Laudatio ist noch nicht geschrieben.

# 8

„Ist der Künstler denn gar nicht anwesend?", fragt mich Frau Pauly, eine pensionierte Lehrerin, die regelmäßig zu unseren Ausstellungseröffnungen kommt.

„Er sollte eigentlich längst da sein", antworte ich ihr.

„Ich verstehe das gar nicht."

„Hoffentlich ist ihm auf dem Weg hierher nichts passiert."

Der offizielle Teil der Vernissage ist beendet, doch Philipp Klotz ist in der Tat immer noch nicht aufgetaucht. Ich habe mehrmals vergeblich versucht, ihn telefonisch zu erreichen. Natürlich wird er von den Gästen vermisst. Ich frage mich, ob Hannahs ironische Bemerkungen damit zu tun haben könnten. An dem Tag, als wir die Ausstellung eingerichtet hatten, schien er mir zum Ende hin sehr distanziert und missgestimmt. Und wenn ich es recht bedenke, ist er den gesamten Tag über ziemlich schlecht gelaunt gewesen. Wahrscheinlich hat ihm das runzlige Trockenfleisch nicht gutgetan. Er hätte eines der Käsebrötchen essen sollen.

Die Vernissage ist gar nicht schlecht besucht. Etwas über vierzig Personen habe ich gezählt. Sehr viele Stammgäste. Die diversen Haus– und Fachärzte des Ortes, von denen der eine oder andere auch schon mal ein Bild gekauft hat, gehören dazu. Auch das Senioren-ehepaar, dem das Unternehmen für Fischspezialitäten gehört, welches es inzwischen an den Sohn abgegeben hat. Und Frau Pauly natürlich.

Dann entdecke ich Torben Leander, und im selben Moment kreuzen sich unsere Blicke.

„Na, wie gefällt dir die Ausstellung?"

„Du kannst dich von den finsteren Sujets einfach nicht verabschieden, was?", ätzt er. „Ich dachte, die Winterreise hätte dich geheilt."

„Und du?", frage ich.

„Ich widme mich vermehrt dem Heiteren, Fröhlichen in der Kunst."

„Klappt es denn mit der Ausstellung in Quickborn?"

„Oh, ja", freut sich Torben. „Und stell dir vor, sie kümmern sich sogar um den Transport der Bilder. Da kannst du noch etwas lernen." Mit einem Blick in die Runde inspiziert er die anderen Gäste. „Ich schau mich mal weiter um", sagt er dann, wendet sich von mir ab und verschwindet.

Mir fallen drei junge Männer auf, die amüsiert vor den blutrünstigen Kötern stehen, und zwei ältere Damen, die sich skeptisch das Bild mit den Totenköpfen im Supermarktregal betrachten.

„Warum malen nur so viele Künstler immer diese deprimierenden Bilder?", höre ich eine der beiden flüstern. „Wer möchte denn so etwas in seine eigenen vier Wänden hängen?"

„Kein Wunder", antwortet ihre Begleiterin, „wenn man dann irgendwann nur noch den Wunsch verspürt, sich umzubringen."

Oh, ich kenne diese Kommentare. Kunst soll möglichst dekorativ sein. Wie die Winterlandschaften. Und man muss sie leicht entschlüsseln können, denn die meisten Menschen haben Angst, irgendetwas nicht zu verstehen und sich lächerlich zu machen. Sie erhoffen eine allgemein gültige Erklärung, eine Art Gebrauchsanweisung für ein Kunstwerk, die es nicht gibt. Seien Sie doch einfach mal neugierig, sage ich oft zu den Nörglern. Kinder können das: Mit offenen Augen durch die Welt gehen.

Hannah kommt auf mich zu.

„Da ist jemand, der möchte einen der Köter kaufen."

„Tatsächlich?", frage ich erstaunt.

Hannah zeigt in Richtung eines Pärchens mittleren Alters, und ich gehe zu den beiden hinüber.

„Der Hund auf dem Bild erinnert uns so an Lola", begeistert sich die Frau.

„Lola ist im letzten Jahr verstorben", fügt der Mann hinzu. „Unser Bullterrier."

„Das freut mich." Erschrocken reißen die beiden ihre Augen auf. „Ich meine, es freut mich, dass das Bild Sie an Ihre Lola erinnert", korrigiere ich mich schnell und überlege im selben Augenblick, ob Lola wohl auch so blutrünstig gewesen war, wie das Tier auf dem Gemälde.

„Sie glauben gar nicht, wie oft wir von Leuten auf der Straße beschimpft oder sogar bespuckt worden sind, wenn wir mit Lola spazieren gehen waren", klagt die Frau. „Die meisten Leute mögen keine Bullterrier."

„Dabei war sie so ein lieber Hund", versichert mir ihr Mann.

„Und trotzdem gefällt Ihnen das Bild? Dieser Hund sieht ja nicht gerade freundlich aus."

Das Pärchen nickt einhellig. „Irgendwie ist es Lola."

„Vielleicht Lola an Halloween", scherze ich, und die beiden müssen lachen.

„Auf die Idee muss man erstmal kommen", mischt sich ein älterer Herr im dunkelblauen Nadelstreifenanzug ein, der das Gespräch mitgehört hat. „Hunde zu malen, meine ich."

„Das ist gar nicht so ungewöhnlich", höre ich die Stimme meines Hausarztes, der plötzlich neben uns steht. „David Hockney besaß zwei Dackel, die er abgöttisch geliebt hat. Stanley und Boogie. Und er hat sie über Jahre hinweg immer wieder porträtiert. In allen möglichen Situationen. Allerdings nie so blutrünstig. "

„Interessant", antwortet der Herr im Nadelstreifenanzug.

„Hockney ist in der Kunstwelt mit diesen Bildern jedoch nicht sehr ernst genommen worden", füge ich hinzu.

„Ein Dackel ist mir aber lieber als solch ein Kampfhund", knurrt der Herr im Nadelstreifenanzug.

„Unsere Lola war so ein lieber Hund", wiederholt die Frau.

Der Herr im Nadelstreifenanzug winkt ab, dreht sich um und verschwindet in den Nebenraum. Mein Hausarzt unterhält sich wieder mit seinen Kollegen.

„Und Sie möchten das Bild kaufen?", frage ich das Pärchen. Die beiden Hundeliebhaber nicken erneut, und ich führe sie an den Empfang, um die Details mit ihnen zu besprechen.

Am anderen Ende des Raumes sehe ich Hannah, die sich mit Torben unterhält. Sie wirken beide sehr ernst, und so hat ihr Gespräch etwas Verschwörerisches. Das irritiert mich für einen Augenblick, doch dann verwerfe ich den Gedanken wieder und konzentriere mich auf meine neuen Kunden.

Am nächsten Morgen sitze ich mit Simon beim Frühstück. Vor uns ein üppig gedeckter Tisch inklusive eines Korbes mit frischen Brötchen, die Simon besorgt hat. Dazu gibt es Milchkaffee, Orangensaft, ein bisschen Käse, Schinken und Simons Lieblingskonfitüre: Passionsfrucht. Auch Joghurt darf natürlich nicht fehlen, den wir aber meistens beide nicht anrühren.

„Wie war die Vernissage?", fragt Simon und zerteilt ein Roggenbrötchen.

„Ganz gut besucht", sage ich. „Philipp Klotz ist allerdings überhaupt nicht aufgetaucht."

„Wer? - Ach, der Fleischfresser."

„Aber wir konnten eines seiner Bilder verkaufen!"

„Schön."

„Ich habe übrigens mit Hannah über eine neue Idee für das *Kulturwerk* gesprochen", beginne ich vorsichtig und nippe an dem heißen Milchkaffee.

„Eine neue Idee, den Leuten hier zu demonstrieren, wie weit sie intellektuell von der Großstadtkultur entfernt sind?", stichelt Simon.

„Pass auf, dass du dich nicht an deiner Passionsfruchtsemmel verschluckst", kontere ich und greife nach einem Croissant.

„Nun erzähl schon."

„Wir haben überlegt, im *Kulturwerk* regelmäßig Malunterricht anzubieten", sage ich.

„Gibt es denn dafür hier überhaupt Interessenten?", fragt er, beißt in sein Roggenbrötchens und fügt hinzu: „Wer sollte das denn überhaupt machen?"

„Wir dachten da an dich."

Stille.

„Du könntest das", füge ich nach einer Weile hinzu. „Und du hättest dann auch eine Aufgabe."

„Ach, jetzt verstehe ich." Simon wirkt leicht gereizt. „Du willst mich therapieren."

„Quatsch. Es wäre einfach eine schöne Ergänzung zu unserem Angebot im Haus. Und es liegt nahe, dass du das übernimmst. Denk einfach mal darüber nach."

Reflexartig greife ich nach einem Joghurt: Banane. Ich hasse Banane.

Zu meiner Freude muss Simon nicht lange über unseren Vorschlag nachdenken. Bereits am nächsten Tag erklärt er mir, dass er es gern mit dem Malkurs im *Kulturwerk* versuchen will.

Gemeinsam mit Hannah entwerfen wir einen Text, mit dem wir für den Unterricht werben wollen. Wir werden einen Kurs anbieten, der sich gleichermaßen an Jugendliche und Erwachsene richtet. Einmal die Woche, jeweils zwei Stunden am frühen Abend für maximal sechs Personen. Vorkenntnisse nicht erforderlich, und die Kursgebühr beträgt 20 Euro pro Termin. Den fertigen Entwurf setze ich in ein Plakat, das wir im Fenster der Galerie aushängen. Ich wollte ein Foto von Simon einfügen, was mein Liebster allerdings ablehnte.

Später ruft Leonore Jubel an, mit deren abstrakten Bildern aus Asche, Bitumen und Eisenoxid die nächste Ausstellung geplant ist, die wir wegen der Art Karlsruhe schon einmal verschieben mussten. Und Leonore hat erneut schlechte Nachrichten.

„Wir können die Ausstellung im Augenblick leider immer noch nicht machen."

„Was ist passiert?", frage ich.

Am Fenster vor der Galerie tauchen zwei Frauen auf, die den Hinweis auf unseren angekündigten Malunterricht entdeckt haben. Sie lesen die Informationen und wirken sehr interessiert.

„Die Berliner Galerie hat mir einen Exklusivvertrag angeboten", erklärt Leonore. „Ich darf dann meine Bilder nicht mehr ohne deren Genehmigung anderswo zeigen."

„Warum solltest du darauf eingehen?", will ich wissen. „Welche Vorteile hättest du dadurch?"

„Sie verfügen offensichtlich über sehr gute Kundenkontakte, denn sie haben extrem viele meiner Arbeiten verkauft. Das hätte ich ohne die Galerie niemals geschafft."

„Aber sie würden deine Bilder doch auch gut verkaufen, wenn du keinen exklusiven Vertrag unterschreibst", gebe ich zu bedenken.

„Ich weiß nicht, ob sie mich dann weiterhin vertreten würden."

„Warum nicht? Sie verdienen doch gut an dir. Warum sollten sie das aufgeben?"

„Keine Ahnung", gesteht Leonore mit leichter Verzweiflung. „Ich bin da einfach hin- und hergerissen. Ich möchte die Galerie auf keinen Fall verlieren."

„Kann ich verstehen. Und bei uns würdest du wahrscheinlich nicht sehr viel verkaufen."

Die beiden Frauen stehen immer noch am Fenster vor der Galerie. Ich frage mich, ob sie wohl gleich hereinkommen werden, bin dadurch abgelenkt und nehme Leonores Stimme für einen Moment nur noch als Geräusch wahr.

„Außerdem gibt es jetzt auch noch Probleme mit meiner Galerie in Frankfurt", hebt Leonore zu einer weiteren Klage an. „Sie haben Interessenten für einige Bilder, die in Berlin lagern. Dort will man die Bilder aber nicht herausgeben, weil die Berliner Galeristin natürlich viel lieber selbst verkaufen und die Provision kassieren will."

„Das heißt, die Leute in Berlin haben deine Bilder quasi als Geiseln genommen?" Ich muss ein Lachen unterdrücken. Die beiden Frauen vor der Galerie gehen weiter und verschwinden aus meinem Blickfeld. Schade.

„Sie wollen die Arbeiten nur rausgeben, wenn sie an dem Verkauf in Frankfurt ebenfalls verdienen", sagt Leonore, die vollkommen ernst bleibt. „Dann ziehen die mir zweimal Provision ab, und ich habe vom Verkaufserlös kaum noch etwas übrig."

Es gibt so viele Künstler, die sehnsüchtig auf den großen Erfolg warten, kommt mir in den Sinn. Offensichtlich aber hat es auch seine Nachteile, gefragt zu sein und gut zu verkaufen.

„Es wird also bei uns vorerst keine Ausstellung mit dir geben?", frage ich nochmal nach.

„Wohl eher nicht", antwortet Leonore. „Tut mir wirklich leid."

Ich rate ihr, sich das mit dem Exklusivvertrag nochmal in Ruhe zu überlegen. Wenn die Galerie wirklich so viele Arbeiten von Leonore verkauft, dann kann sie doch als Künstlerin auch die Bedingungen diktieren. Wer jagt denn seinen Goldesel freiwillig vor die Tür?

Mir bleibt aber im Augenblick nichts anderes übrig, als mal wieder nach einem Ersatz zu suchen. Ich wünsche Leonore noch alles Gute, bitte sie, mich zu informieren, sobald es Neuigkeiten gibt, und verabschiede mich von ihr.

Kurz darauf kommt Hannah ins Büro.

„Ich werde Manuel nochmal anrufen."

„Welchen Manuel?", frage ich, in Gedanken noch bei Leonore.

„Manuel Osterdorff, den Cellisten", antwortet Hannah.

„Und wieso?"

„Er hat seine Honorarrechnung immer noch nicht geschickt."

„Seit wann laufen wir den Rechnungen unserer Künstler hinterher?", staune ich. „Womöglich führen wir dafür demnächst noch ein Mahnwesen ein." Mir ist schon klar, dass Hannah sich bei dem jungen Engel in Erinnerung bringen will. Aber doch nicht auf unsere Kosten!

„Irgendwann kommt die Rechnung doch sowieso. Warum soll ich also nicht nachfragen?", empört sie sich und greift nach dem Telefon.

„Ja, hier ist Hannah. Wie geht's?"

Sie erwähnt noch einmal, wie außerordentlich ihr das Konzert gefallen hat. Wie schön es war, ihn kennengelernt zu haben. Und wie sehr sie ihn um die Einladung nach New York beneidet.

„Denke daran, ihn zwischendurch nach der Rechnung zu fragen", mische ich mich kurz ein. Hannah aber hört mich gar nicht. Sie hat sich auf ihren Schreibtisch gesetzt und spielt gedankenverloren mit dem kleinen Teddy, den sie vor ein paar Jahren, als wir das *Kulturwerk* gegründet haben, zu ihrem Maskottchen erkoren hat.

„Ja, das wäre schön", freut sie sich dann plötzlich. „Das wäre wunderbar ...!"

„Die Rechnung, Hannah!"

In den nächsten Tagen melden sich tatsächlich erste Interessenten für den Malunterricht. Zuerst tauchen drei ältere Damen im Atelier auf, sehr elegant gekleidet und sorgfältig geschminkt. Sie wirken überaus fröhlich und abenteuerlustig und schwärmen davon, wie sie sich schon in Kindertagen kennengelernt haben und hier in der Stadt auch gemeinsam zur Schule gegangen sind. Mechthild war mehr als dreißig Jahre lang glücklich verheiratet, fühlte sich in der Rolle der strukturierten Hausfrau stets recht wohl und entdeckte erst nach dem Tod ihres Mannes, dass es weitaus aufregender ist, sich an den eigenen Bedürfnissen zu orientieren. Auch Antonia war lange verheiratet, setzte ihren Gatten jedoch kurzentschlossen vor die Tür, als sie erfuhr, dass er schon seit längerer Zeit eine Affäre mit einer anderen, natürlich weitaus jüngeren Frau pflegte. Rita, die dritte im Bunde, hatte sich nie dazu durchringen können, eine feste Beziehung einzugehen. Sie liebte schon immer ihre Unabhängigkeit und stillte ihr zeitweilig auftretendes Bedürfnis nach körperlicher Nähe stets mit kleinen Affären.

Als Teenager wurden die Drei zu erbitterten Konkurrentinnen, wenn sie sich in denselben Mann verliebten, was nicht selten geschah. Heute aber, mit einer stattlichen Menge an Lebenserfahrung, sind sie die besten Freundinnen, unternehmen gemeinsam viele Reisen und suchen nach immer neuen Herausforderungen. Warum sich also nicht mal künstlerisch ausprobieren, haben sie überlegt und wollen sich nun für unseren Kurs anmelden.

Der andere Interessent ist ein junger Mann, gerade 17 Jahre alt. Ein wenig schüchtern holt er einige Blätter mit Landschaften und Stadtansichten in Acryltechnik hervor, die mich wirklich überraschen, denn sie zeigen, dass er ausgesprochen talentiert ist. Wie kann jemand ohne Vorkenntnisse solch perfekte Bilder anfertigen, frage ich mich. Er vertraut mir an, dass er nach dem Abitur eine Kunstschule besuchen möchte. Auf keinen Fall aber dürften seine Mitschüler davon erfahren, denn die fänden das alles total uncool. Sie würden ihn nicht mehr ernst nehmen, möglicherweise sogar mobben, da ist sich der junge Mann sicher. Seine Eltern aber unterstützten sein Talent und seien auch bereit, ein Kunststudium auf einer Privatschule zu finanzieren, falls er nicht an einer staatlichen Schule angenommen würde.

Wir haben nun also schon mal vier Interessenten für unseren Malkurs, und ich hoffe nur, dass der junge Mann sich in Gesellschaft der drei abenteuerlustigen Damen nicht allzu deplatziert fühlen wird.

Endlich bin ich auf einen Künstler aufmerksam geworden, den ich mir als Ersatz für Leonore vorstellen könnte. Er heißt Jonas Fuchs, pendelt zwischen Hamburg und Nagoya und bedient sich einer ungewöhnlichen Farbpalette, die von Violett-, Rosa- und Grüntönen dominiert wird. Er malt rätselhaft exotische Bilder, die an orientalische Märchen erinnern, und seine Arbeiten sind nun wirklich alles andere als düster. Sie leuchten geradezu magisch.

Nachdem ich ihm eine Anfrage per Mail geschickt habe, ruft er schließlich zurück, und ich erläutere ihm meine Situation und erwähne die Möglichkeit, ihm den frei gewordenen Termin zu überlassen.

„Ja, klar hätte ich Interesse", bekundet er. „Meine Präsentation in Tokio geht gerade zu Ende, und ich bin in der nächsten Zeit hauptsächlich in Hamburg. Das würde also passen."

„Das freut mich", antworte ich. „Ich finde Ihre Arbeiten wirklich sehr außergewöhnlich. Insbesondere diese exotisch leuchtenden Farben. Mint, Türkis, Lavendel und ..."

„Was zahlen Sie denn?", unterbricht mich Jonas Fuchs.

„Wie meinen Sie das?"

„Wie hoch ist mein Honorar, wenn ich für Ihr Haus eine Ausstellung konzipiere?"

Ich bin etwas irritiert. „Wir versichern die Arbeiten natürlich", antworte ich dann. „Außerdem drucken wir auf unsere Kosten die Einladungen und Plakate."

Das aber meint Jonas Fuchs gar nicht, wie sich dann herausstellt. Er erwartet ein Honorar dafür, dass er uns seine Bilder zur Verfügung stellt. Das sei absolut üblich. Und als ich ihm erkläre, dass wir kein Honorar zahlen können, macht er mir deutlich, dass es dann auch nicht zu einer Zusammenarbeit kommen kann.

„Es erstaunt mich, dass es immer noch Galerien gibt, die meinen, wir Künstler müssten umsonst arbeiten", lässt er mich wissen. „Musiker und Schauspieler bekommen für ihre Arbeit eine Gage. Warum also sollte uns für die öffentliche Präsentation unserer Kunstwerke keine Vergütung gezahlt werden?"

„Ich verstehe Ihre Kritik", entgegne ich ihm. „Wenn wir den Bildenden Künstlern aber Honorare zahlen müssten, könnten wir keine Ausstellungen mehr durchführen. Das wäre einfach nicht finanzierbar. Immerhin bieten wir ihnen die Möglichkeit, ihre Kunstwerke öffentlich zu zeigen. Und im besten Fall erhalten sie dann eine Art Honorar über den Verkauf ihrer Arbeiten."

„Und davon kassieren Sie dann auch noch eine Provision."

Er hat ja recht, überlege ich, nachdem wir das Telefongespräch beendet haben. Einen Musiker oder einen Schauspieler kann ich bezahlen, weil unsere Zuschauer bereit sind, 20 Euro für eine Eintrittskarte auszugeben. Beim Besuch einer Ausstellung hingegen, sind vielen unserer Gäste schon die zwei Euro zu viel, die wir verlangen.

Als ich Hannah später von meiner Diskussion mit Jonas Fuchs berichte, kann sie meine Aufregung überhaupt nicht verstehen.

„Die Bilder können die Leute doch in Ruhe betrachten, wenn sie zu uns in ein Konzert kommen. Warum also sollen sie dafür extra bezahlen?"

**9**

„Ist das richtig, dass Sie kommende Woche ein Gastspiel mit einem Schauspieler namens Tim Weber in
Ihrem Programm haben?"

Ein Mitarbeiter der Kulturredaktion des norddeutschen Fernsehens ist am Telefon, und ich wundere und
freue mich über das plötzliche Interesse.

„Ja, das ist korrekt", sage ich. „Tim Weber wird mit
einem Theatermonolog bei uns zu Gast sein."

„Bin ich richtig informiert, dass dieser Tim Weber im
Rollstuhl sitzt?", fragt der Journalist weiter.

„Ja, auch das ist richtig."

„Wir würden gern einen Beitrag über ihn drehen.
Können Sie mir sagen, ab wann der Mann vor Ort sein
wird?"

Ich verspreche, das zu klären und ihn zurückzuru-
fen, sobald ich genauere Informationen habe.

„Wer war das?", fragt Hannah, die mir im Büro ge-
genübersitzt.

„Jemand vom Fernsehen. Die wollen einen Beitrag über Tim Weber drehen."

Seit vier Jahren bemühen wir uns um das Interesse der überregionalen Presse. Vergeblich. Und plötzlich melden die Leute sich ganz von selbst?

„Bestimmt, weil es ein Stück mit einer schwulen Thematik ist", meint Hannah.

„Aber er hat gar nicht nach dem Theaterstück gefragt."

„Weil er sicher schon darüber informiert ist."

Tim Weber spielt in dem Monolog einen heterosexuellen Fußballfan, der gelesen hat, dass statistisch zehn Prozent aller deutschen Männer homosexuell sind. Er überlegt, dass es dann doch in jeder Fußballmannschaft einen schwulen Mann geben müsste. Schließlich beginnt er darüber nachzudenken, wer das in der jeweiligen Mannschaft wohl sein könnte. Und: Woran erkennt man ihn? An der Stimme, an der Frisur, am Gang?

Der Monolog ist ein amüsantes Spiel mit gängigen Klischees. Ich bin gespannt, wie das Publikum darauf reagieren wird. Als Tim Weber, der selbst schwul ist, uns das Gastspiel angeboten hat, waren wir jedenfalls sofort begeistert. Nach unserem selbst produzierten Mozart-Abend endlich mal wieder ein kleines Theaterstück, das wir trotz unserer doch sehr reduzierten Möglichkeiten aufführen können.

Am Abend muss ausnahmsweise *ich* mich daheim um das Essen kümmern. Simon trifft sich im *Kulturwerk* das erste Mal mit seinen Schülern zum Malunterricht. Wenn ich koche, was nur selten vorkommt, gibt es eigentlich immer Lasagne. Simon weiß das natürlich, weshalb er dafür Sorge trägt, dass das nicht zu oft geschieht. Heute hatten wir beide keine Chance. Ich muss kochen, Simon muss Lasagne essen.

Als er nach Hause kommt, hole ich die Auflaufform gerade aus dem Ofen. Perfektes Timing.

„Na, wie war`s?", rufe ich ihm aus der Küche entgegen.

„Anstrengend."

„Ich habe Lasagne gemacht."

Simon sitzt schon am gedeckten Tisch, als ich mit dem Essen ins Zimmer komme. Kaum habe ich die heiße Auflaufform abgestellt, beginnt er, die Pasta zu portionieren, und ich gieße uns einen Primitivo ein. Unser Lieblingsrotwein.

„Ist der Junge nicht unglaublich begabt?", frage ich.

„Jannik? Ja, nahezu perfekt. Merkwürdig nur, was die Auswahl seiner Sujets betrifft."

„Inwiefern?"

„Er malt Rapper."

„Als er sich neulich bei mir vorgestellt hat, zeigte er mir Landschaften."

„Ich kenne mich in der Rapper-Szene nicht aus", gesteht Simon. „Aber eines kann ich dir versichern: Landschaften waren das heute nicht."

Wir müssen beide lachen.

„Kommt er denn mit den drei älteren Damen klar? Und die mit ihm?", frage ich weiter.

„Das funktioniert ein bisschen wie Omas mit Enkel."

„Hauptsache, es funktioniert."

Simon erzählt, dass die Dame, die Rita heißt, den Druck eines Gemäldes von van Gogh mitgebracht hat, das sie abmalen will. Weiden bei Sonnenuntergang.

„Hast du dir da nicht für den Anfang etwas zu viel vorgenommen, habe ich sie gefragt. Sie war da aber ganz anderer Ansicht. Man wächst doch an seinen Aufgaben, meinte sie."

„Und? Was ist dabei herausgekommen?"

„Heute hat sie die Zeit vor allem damit verbracht, verschiedene Rot- und Gelbtöne anzumischen."

„Und die beiden anderen?"

„Mechthild verliert sich ein bisschen zu sehr im Detail. Ich habe ihr erklärt, dass sie mehr abstrahieren muss. Sie hat ihr Bild wirklich mit so viel Kleinkram vollgestopft ...! Und Antonia traut sich überhaupt nichts zu. Nur Mut, habe ich zu ihr gesagt. Wenn man keine Angst davor hat, ein schlechtes Bild zu malen, lässt das die Farbe gleich viel leichter fließen."

„Ich denke, du bist ein guter Lehrer", sage ich.

„Dein Urteil gilt nicht", antwortet Simon. „Du bist befangen."

„Überhaupt nicht. Ich sage immer, was ich denke."

„Du willst, dass es mir hier gut geht. Egal um welchen Preis."

„Natürlich will ich, dass es dir gut geht. Ist das so verkehrt?"

Simon muss lächeln.

Eine Woche später steht unser schwules Theaterstück auf dem Programm. Das Team vom Fernsehen erwarten wir am späten Nachmittag. Tim Weber trifft allerdings bereits gegen Mittag ein, begleitet von einem anderen jungen Mann.

„Mutig, dass ihr das Stück hier spielen wollt", meint Tim Weber, während sein Freund die Requisiten aus dem Auto holt.

„Inwiefern?", frage ich.

„Na ja, hier in der Provinz ..."

Ich erzähle ihm, dass ich mit meinem Mann in diesem Ort seit Jahren offen schwul lebe und bislang nie auf Probleme gestoßen bin. „Wir haben keinerlei Anfeindungen erlebt. Da hat sich doch im Lauf der Zeit einiges geändert, was die Toleranz angeht."

„Auf den ersten Blick vielleicht", meint Tim Weber. „Nach außen erklären die meisten Leute, Schwule und Lesben sollten dieselben Rechte haben wie alle anderen. Aber wenn diese Leute dann direkt mit uns konfrontiert werden, kommt vielen doch noch die Moral in die Quere. Dann heißt es, wir sollen nicht so viel Wirbel um unsere Sexualität machen."

„Wie gesagt: Wir haben noch keine negativen Erfahrungen gemacht."

„Schön jedenfalls, dass ihr mich mit dem Stück eingeladen habt."

Zwei Stunden später trifft das Fernsehteam ein. Ein jüngerer, recht schlaksiger Typ ist für Kamera und Ton zuständig, der andere, deutlich ältere, für das Interview. Die Vorbereitungen sind weitaus weniger aufwendig, als ich es mir vorgestellt hatte. Tim Weber wird gebeten, sich im Bühnenbild zu platzieren, das wir zuvor bereits aufgebaut haben. Der Mann, der Tim Weber die Fragen stellen will, setzt sich seitlich hinter den Jungen mit der Kamera. Ich komme mir etwas überflüssig vor, und dann wird mir langsam klar, dass weder Hannah noch ich oder unser Haus in diesem Arrangement eine bedeutende Rolle spielen werden.

„Sitzen Sie seit Ihrer Geburt im Rollstuhl?", wird Tim Weber gefragt, als Kamera und Ton laufen.

„Nein, das ist erst vor drei Jahren passiert", antwortet er. „Ein Reitunfall während eines Urlaubs auf Mallorca. Da ich kurz darauf aber in einer Telenovela einen jungen Baron im Rollstuhl spielen sollte, war das erstmal kein Problem."

Die Männer vom Fernsehen müssen schlucken und tauschen kurz irritierte Blicke. Tim Weber zwinkert mir verschwörerisch zu.

„Dem Regisseur habe ich aber gar nicht erzählt, dass ich tatsächlich nicht laufen kann. Ich habe ihm gesagt, dass ich die ganze Zeit im Rollstuhl sitzen bleiben will, weil ich so tief wie möglich in meine Figur eintauchen möchte. Method-Acting, Sie verstehen ...?"

„Und wie sind Sie anfangs privat mit dieser neuen Situation klargekommen?"

„Oh, das war wirklich alles nicht einfach für mich."

„Das kann ich mir vorstellen", meint der Interviewer, der sich wieder etwas gefangen hat.

„Der Rollstuhl war gar nicht das Problem", setzt Tim Weber seine Geschichte fort. „Aber in dem Moment, wo mir klar wurde, dass ich nun für den Rest meines Lebens in diesem Ding feststecke, entdeckte ich zu meiner Überraschung, dass ich eigentlich auf Männer stehe."

„Wie?"

„Ich war plötzlich schwul. Das war ein Schock. Können Sie sich ja vorstellen." Tim Weber sieht zu mir herüber, und ich erkenne ein leichtes Grinsen in seinem Gesicht.

Die Fernsehleute werden unsicher, denn sie wissen nicht so recht, wie sie darauf reagieren sollen.

„Ich dachte: Was soll ich mit dem ganzen Schwulsein denn anfangen, wenn ich im Rollstuhl sitze? Aber dann habe ich eine unglaubliche Erfahrung gemacht ...!"

„Ah, ja ..."

„Ich konnte mich vor männlichen Verehrern überhaupt nicht mehr retten. Können Sie sich das vorstellen? Einer jünger als der andere, einer hübscher als der andere. Und ich dachte: Nun ja, ist im Grunde logisch. Wann bietet sich für die Jungs schon mal die Gelegenheit zum Sex mit einem echten Rollstuhlfahrer?"

Ich habe den Eindruck, dass die beiden längst gemerkt haben, dass sie verschaukelt werden. Aber sie sind sich nicht ganz sicher. Und so wahren sie die Fassung und spielen mit. Sie fragen nach dem Stück, und Tim Weber erzählt von der Angst all der schwulen Fußballer, die ihren Mitspielern nicht eingestehen mögen, was es ihnen bedeutet, wenn sich nach einem geschossenen Tor alle um den Hals fallen und küssen. Er erzählt von der Statistik, nach der folgerichtig auch jeder zehnte Rollstuhlfahrer schwul sein müsste. Und er erzählt von dem Brechreiz, den so mancher heterosexuelle Mann beim Anblick zweier miteinander knutschender Kerle empfindet.

„Wissen Sie, im Magen-Darm-Trakt sitzen hundert Millionen Nervenzellen, die in Belastungssituationen reagieren. Das Zwischenhirn setzt dann sofort eine große Menge Cortisol frei. Ein Stresshormon. Die Atmung wird beschleunigt, das Herz schlägt schneller, die Muskulatur wird stärker durchblutet – und das löst Bauchdrücken und Übelkeit aus. Im Extremfall will der Körper die Nahrungsreste schnellstmöglich loswerden."

Tim Weber redet sich in Rage, der Journalist gerät völlig aus dem Konzept und vergisst seine weiteren Fragen. Irgendwann erklärt Tim Weber dann, dass ihm das alles doch sehr anstrenge und er daher gern das Interview abbrechen würde. Gesagt, getan.

In der letzten Stunde vor Beginn der Veranstaltung treffen die Zuschauer nach und nach ein. Es kommen hauptsächlich unsere Stammgäste, und doch fragt Hannah mich bei jedem männlichen Besucher, der unser Haus betritt, ob ich glaube, dass er schwul sei.

„Warum sollte er plötzlich schwul sein?"

„Nicht plötzlich", antwortet Hannah. „Aber vielleicht schon immer."

„Weil er sich ein schwules Theaterstück ansehen will?"

Hannah zuckt mit den Schultern und gibt irgendwann auf.

Auch das Kamerateam ist noch da. Man will ergänzend einen Ausschnitt aus dem Theaterstück drehen. Unsere Zuschauer finden das natürlich aufregend. Wann ist schon mal das Fernsehen im Haus? Eigentlich nie.

Nach all dem Haarsträubenden, das Tim Weber den Leuten erzählt hat, frage ich mich, wie der Beitrag am Ende wohl aussehen wird.

Dann ist es 20 Uhr. Das Publikum hat Platz genommen, das Licht wird abgedunkelt, die Scheinwerfer leuchten auf, und Tim Weber fährt mit seinem Rollstuhl herein und platziert sich in der Dekoration.

Sein Monolog und das Spiel mit den Klischees beginnt. Anfangs ist es sehr still im Publikum, alle hören gebannt zu. Dann kommen die ersten zaghaften Lacher, die nach und nach in einhelliges Gelächter münden. Die Zuschauer amüsieren sich plötzlich über all die Vorurteile, die sie sich im Lauf der Zeit antrainiert haben. Schließlich gibt es sogar Szenenapplaus. Wird ein Homosexueller eher akzeptiert, frage ich mich, wenn er im Rollstuhl sitzt? Aber dann verwerfe ich den Gedanken wieder und tauche ganz ein in die Geschichte des Stückes. Es wird ein schöner und vor allem erfolgreicher Abend. Auch die beiden Typen vom Fernsehen scheinen letztlich zufrieden zu sein und verabschieden sich brav.

Am nächsten Morgen kommt Hannah viel später als gewohnt ins Büro.

„Ist es okay für dich, wenn ich ein paar Tage wegfahre?", fragt sie, während sie ihren Computer hochfährt und ein paar Unterlagen auf ihrem Schreibtisch sortiert.

„Wo soll es denn hingehen?"

„Ist privat."

„Wie geheimnisvoll."

„Nein", faucht sie. „Privat."

Als sie bemerkt, dass mir ihre Reaktion nicht sehr gefällt, legt sie etwas freundlicher nach.

„Ich will ein paar Tage nach Köln fahren."

„Alles klar. Ich will auch gar nicht den Grund wissen, keine Sorge."

„Manuel ist gerade in Köln, und er hat gefragt, ob ich ihn nicht besuchen möchte. Er hat dort Proben für ein Theaterprojekt."

„Manuel? Manuel Osterdingsbums?"

„Osterdorff. Genau."

„Ja, kein Problem. Fahre ruhig. In der kommenden Woche haben wir ja sowieso kein Gastspiel im Haus."

Hannah bedankt sich, und ich bin mir nun sicher, dass die Verbindung zwischen Hannah und Manuel nach seinem Konzert bei uns nicht abgerissen ist. Ich wusste, dass Hannah sich ein wenig in ihn verliebt hatte. Dass diese Zuneigung aber auf Gegenseitigkeit beruht, ist mir neu. Manuel ist mindestens zwölf Jahre jünger als Hannah. Und er ist in einem Alter, in dem man sich in der Regel noch nicht fest bindet. Eine Affäre also? Hannah weiß doch, dass er bald nach New York verschwindet. Einerseits könnte ich verstehen, wenn Hannah wieder nach einer Beziehung sucht. Andererseits beunruhigt mich die Sache auch etwas.

Am Nachmittag sitzen wir dann gemeinsam vor dem Fernseher. Mit Spannung warten wir auf den Bericht über Tim Weber. Was haben die Leute wohl mit dem schrägen Interview angefangen? Überrascht stellen wir dann fest, dass sie den Schauspieler zum begabten Comedian erklärt haben, dem es überzeugend und stilsicher gelingt, seiner Homosexualität und seinem körperlichen Handicap mit Witz und Ironie zu begegnen.

„Und unser Haus wird mit keinem Satz erwähnt", murrt Hannah enttäuscht.

„Weißt du, wer eben hier angerufen hat?" Hannah stürzt aufgeregt in die Galerie, während ich gerade Mails beantworte.

„Keine Ahnung. Du wirst es mir gleich sagen."

„Rüdiger Sturm ...!"

Ich überlege einen Augenblick. „*Der* Rüdiger Sturm?"

„Der bekannte Schauspieler, genau. Das heißt, er hat natürlich nicht selbst angerufen, sondern seine Agentur. Und sie sagen, dass Rüdiger Sturm gern bei uns eine Lesung machen würde."

„Du magst doch keine Lesungen", sage ich.

„Aber Rüdiger Sturm ...?!"

„Hat die Agentur gesagt, warum er ausgerechnet bei uns lesen will?"

„Nein, aber das ist mir ehrlich gesagt auch egal. Hauptsache, er liest."

Ich habe Hannah selten so bedenkenlos erlebt. Wenn man aber die Chance hat, Prominenz ins Haus zu holen, dann sollte man eben nicht lange nachdenken. Da gebe ich ihr recht.

„Haben sie gesagt, wie teuer das werden soll?", frage ich.

„Da werden wir uns schon einig, meinte die Agentin."

„Na, dann sag ihr doch zu."

„Hab ich schon." Hannah grinst.

„Ohne mich zu fragen?"

Sie zuckt mit den Schultern und erzählt, dass sich die Agentin unsere Location aber vorher nochmal ansehen will. Was mich wundert, wenn doch angeblich so großes Interesse besteht, hier zu lesen. Aber soll sie doch kommen! Und wie ich gleich darauf erfahre, hat die Dame sich für das Wochenende angekündigt, an dem Hannah nach Köln zu Manuel Osterdorff fahren will.

„Na, prima."

„Das schaffst du wohl auch allein. Zur Lesung bin ich allemal wieder hier. Das lasse ich mir nicht entgehen." Hannah zwinkert mir lächelnd zu, verschwindet zurück ins Büro, und ich versuche, mich erneut auf meine Arbeit zu konzentrieren.

Kurze Zeit später kommt ein auffallend seriös wirkender Herr mittleren Alters in die Galerie. Er sieht aus wie ein Banker und hat eine Aktenmappe unter den rechten Arm geklemmt.

„Ich habe neulich bei Ihnen ein Ölgemälde gesehen. Ich glaube, es war ein Rapsfeld. Kann das sein?"

Ich überlege kurz. „Ja, richtig", sage ich dann. „Das müsste das Bild von Simon Möller sein. Warten Sie einen Moment. Das sollte ich noch stehen haben."

Ich gehe in den kleinen Nebenraum, den ich als Zwischenlager für einige Bilder nutze, die von den Künstlern noch nicht abgeholt wurden. Und von Simons Bildern habe ich sowieso den größten Teil hier im Haus. Das Rapsfeld ist dann auch schnell gefunden, und ich kehre damit zurück zu meinem Besucher.

„Ja, wunderbar. Genau das meinte ich", freut sich der Mann und fragt nach dem Preis.

Ich schaue auf meinem Schreibtisch in den Unterlagen nach: 2.500 Euro. Der Mann nickt und lächelt.

„Es ist die Landschaft, die man sieht, sobald man Richtung Süden die Stadt verlässt. Richtig? Auf der rechten Seite."

„Das kann ich Ihnen nicht genau sagen", erwidere ich.

„Doch, doch. Ganz sicher", antwortet er und fragt, ob ich ihm eine Rechnung schreiben könnte. Er würde den Betrag dann überweisen.

„Selbstverständlich. Sie können das Bild gegen Quittung auch gern gleich mitnehmen."

Der Mann ist einverstanden. Simon wird sich freuen, denke ich.


Als die Agentin von Rüdiger Sturm am Wochenende bei uns im *Kulturwerk* auftaucht, ist Hannah bereits nach Köln abgereist. Die Dame stellt sich als Ludovica vor und sieht in ihrem giftgrünen Kostüm mit den hochgesteckten, roten Haaren beeindruckend streng aus. Sie mustert unser Haus zuerst von außen, lässt ihren Blick die Wände hinaufgleiten und rümpft etwas die Nase.

„Irgendetwas nicht zu Ihrer Zufriedenheit?", frage ich.

„Nein, alles in Ordnung."

Dann gehen wir hinein, denn sie möchte die Garderobe sehen.

„Das Licht ist etwas sehr grell", nörgelt sie, während sie zur Decke hinaufsieht.

Ich erkläre ihr, dass es sich dimmen lässt.

„Nein, nein, ist schon in Ordnung. – Gibt es keinen Spiegel?"

„Doch, natürlich. Wir haben eigentlich alles da, was von den auftretenden Künstlern und vor allem von ihren Agenten aus welchen Gründen auch immer gewünscht werden könnte. Inklusive Catering natürlich."

„Rüdiger liebt Vitello tonnato."

„Kein Problem."

„Aber muss auch nicht unbedingt sein", fügt sie hinzu.

Dann geht es zur Bühne. Ich führe Ludovica in unseren Saal.

„Das soll also ein Saal sein", bemerkt sie spitz. Wie viele Zuschauer hier wohl hineinpassen.

„Fünfzig", gebe ich zur Antwort, und sie rümpft wieder ihre Nase. Ich entschuldige mich und überlege gleichzeitig, warum ich mich eigentlich entschuldigen soll. Niemand von uns hat Rüdiger Sturm gedrängt, hier aufzutreten. Ludovica nimmt mein Bedauern zur Kenntnis und versichert mir dann, dass es schon irgendwie in Ordnung gehen wird.

„Rüdiger hat sich in den Kopf gesetzt, hier aufzutreten. Und wenn er sich etwas in den Kopf gesetzt hat, dann kann man sowieso nichts dagegen tun."

„Das freut mich."

Am Ende der Besichtigungstour bin ich dann ziemlich verärgert, weil es dieser Ludovica gelungen ist, mir das Gefühl zu geben, dass unser Haus eine recht erbärmliche Institution darstellt, die man einem halbwegs prominenten und erfolgreichen Künstler eigentlich nicht zumuten kann. Lesen will er hier aber offensichtlich trotzdem.

Simon ist am frühen Abend zu einer Freundin nach Hamburg gefahren, und da Hannah immer noch in Köln ist, sitze ich allein zu Haus und fühle mich auf eine zwar unbegründete, aber doch seltsame Art allein gelassen. Ich habe mir eine DVD eingelegt, *A Single Man* mit Colin Firth. Ein Film, den ich im Lauf der Zeit sicher schon drei- oder viermal gesehen habe. Aber ich kann mich heute nicht wirklich darauf einlassen. Vielleicht ist die - wenn auch poetische – Geschichte eines einsamen Mannes, der minutiös seinen Freitod vorbereitet, gerade nicht die geeignete Abendunterhaltung.
Als ich auf die Uhr sehe, ist es bereits Viertel nach zehn. Ich entschließe mich, noch einen Wein in der Kneipe des Ortes trinken zu gehen und schlendere zu Fuß durch die dunklen Gassen der kleinen Stadt. Um diese Zeit ist kaum noch jemand unterwegs. Ich kenne das schon. Anfangs hatten mich die abendlich leeren Straßen noch irritiert, weil ich aus der Großstadt das nächtliche bunte Treiben gewohnt war und auch stets sehr genießen konnte. Einzutauchen in die anonyme Abenteuerlust. Hier sitzen die meisten Leute zu dieser Zeit daheim vor ihrem Fernseher. Und wenn sie keine Rollläden besitzen, die sie herunterlassen können, dann sieht man hinter den Fenstern das blaue Licht der Bildschirme flackern.
Ich erreiche die Kneipe, und als ich hineingehe, sehe ich, dass auch hier nicht mehr viel los ist. Ein Mann

hängt noch an der Bar, am Tisch in der hinteren linken Ecke sehe ich ein Pärchen miteinander flirten, und auf der gegenüberliegenden Seite des Raumes entdecke ich zu meiner Überraschung Frau Quecke, die Redakteurin der Lokalzeitung. Ich gehe zu ihr hinüber, um sie kurz zu begrüßen, bemerke dann, dass sie schon etwas zu viel getrunken hat. Als sie mich ansieht und schief lächelt, setze ich mich spontan dazu.

„Ja, setzen Sie sich ruhig", grummelt sie leise.

Ich bestelle einen Rotwein und versuche, Frau Quecke in eine kleine Plauderei zu verwickeln. Sie wirkt müde, und ich überlege, ob sie ihre Abende hier wohl öfter allein verbringt. Ich selbst suche diesen Ort nur selten auf und fühle mich deshalb fremd hier. Simon kann solche Kneipen überhaupt nicht ausstehen.

„Ganz ehrlich", beginnt Frau Quecke schließlich und reißt mich aus meinen Gedanken. „Kultur interessiert mich überhaupt nicht."

Ich nicke ahnungsvoll.

„Verstehen Sie das nicht falsch. Ich habe nichts gegen Sie und Ihr Haus. Aber ich mag einfach keine klassische Musik. Genauso wenig interessiert es mich übrigens, ob irgendwelche Straßen saniert werden müssen. Oder ob der Ringreiterverein sein Turnier verschieben soll. Ich muss trotzdem darüber berichten."

Frau Quecke starrt benommen in ihr Glas.

„Das ist ihr Job, klar", sage ich.

„Letzte Woche zum Beispiel. Der Verkehrsunfall auf der Kreuzung gegenüber der Sparkasse. Ich war da. Und gestern erst habe ich mich mit der Igel-Mama getroffen. Frau Schmidtke, die den geschwächten Tieren über den Winter hilft. Lächerlich!"

„Inwiefern?", frage ich, während Frau Quecke ihr Bier hinunterkippt.

„Diese kleine Welt ...! - In Berlin müsste man leben und für eine große Wochenzeitung schreiben. Über die Weltpolitik und ohne diesen ewigen Zeitdruck."

Sie macht eine Pause und scheint ihr inzwischen leeres Glas hypnotisieren zu wollen. Dann: „Politik interessiert mich."

„Aber Politik gibt es doch auch hier vor Ort", werfe ich ein.

„Das macht aber die Zentralredaktion in der Kreisstadt. Für mich hier bleiben nur die Meldungen über ausgebrannte Briefkästen und umgekippte Müllcontainer."

„Und die Igel von Frau Schmidtke", füge ich mit einem gequälten Lächeln hinzu.

„Lächerlich!", faucht Frau Quecke leise, winkt den Wirt herbei und bestellt sich noch ein Bier.

„Sie haben sich Ihr Leben doch bestimmt auch anders vorgestellt. An einem großen Haus in Hamburg oder Berlin zu arbeiten. Als Intendant oder so. Aber nicht hier in diesem Kaff."

„Auch in diesen kleinen Städten leben Menschen, die sich freuen, wenn ihnen etwas Kultur geboten wird", erwidere ich.

„Glauben Sie?" Frau Quecke betrachtet mich mit einem glasigen Blick.

Ich nicke.

„Ich mag keine klassische Musik", wiederholt sie dann.

„Kein Problem."

„Mein Mann spielt Geige. Aber nicht besonders gut. Er ist Lehrer, hier am Gymnasium. Haben Sie das gewusst? Ausgerechnet hier! Als würde es woanders keine Schulen geben ..."

Der Wirt bringt das frisch gezapfte Bier, und Frau Quecke nimmt einen kräftigen Schluck. Dann streckt sie mir ihre rechte Hand entgegen.

„Ich heiße Gisela."

Hannah ist aus Köln zurück. Ich habe erwartet, dass sie nach den gemeinsamen Tagen mit dem jungen Cellisten ein wenig stärker euphorisiert wäre, doch sie wirkt recht ausgeglichen. Auf meine Frage, wie es denn gelaufen ist, kam nur ein knappes *schön*. Bedeutet die wortkarge Antwort nun, dass die vermeintliche Affäre damit bereits abgeschlossen ist? Oder will Hannah mir ihr neues Glück einfach noch nicht gestehen?

Wir bereiten die Lesung mit Rüdiger Sturm vor. In einem überraschend großen Artikel von Frau Quecke wurde die Veranstaltung bereits angekündigt, und der Vorverkauf läuft bestens. Wie uns mitgeteilt wurde, möchte Rüdiger Sturm zwei Texte lesen, die etwas über Freundschaft erzählen. *Adressat unbekannt* von der amerikanischen Schriftstellerin Kressmann Taylor und *Schischyphusch* von Wolfgang Borchert. Eine anspruchsvolle Auswahl, darin bin ich mit Hannah einig.

Am Tag der Veranstaltung sind wir längst ausverkauft. Im Saal haben wir einen Tisch mit Leselampe und Mikrofon aufgebaut, und Hannah hat beim Italiener im Nachbarort Vitello tonnato besorgt. Wir warten gebannt auf unseren Gast, der wie vereinbart gegen 19 Uhr eintrifft. Rüdiger Sturm begrüßt uns freundlich, nimmt gelassen zur Kenntnis, dass die Lesung ausverkauft ist und lobt die angenehme Atmosphäre der Garderobe, die von seiner Agentin mit einem Naserümpfen quittiert worden war.

„Ein schönes Haus haben Sie hier", sagt er, und ihm gefällt auch der Saal, in dem er auftreten soll. Alles in allem ist er also – ganz im Gegensatz zu dieser Ludovica - nicht bloß leidlich zufrieden, sondern einigermaßen begeistert.

Kurz darauf treffen die ersten Gäste ein. Es herrscht eine seltsame Aufregung unter den Leuten, und mir fällt auf, dass viele von ihnen noch niemals hier im Haus waren. Menschen, die nicht so aussehen, als würden sie sich wirklich für eine literarische Lesung interessieren, und schon gar nicht für Kressmann Taylor und Wolfgang Borchert. Nun, vielleicht kommen sie allein deshalb, weil sie Rüdiger Sturm aus dem Fernsehen kennen und ihn einmal hautnah erleben wollen. Gleichgültig, was konkret geboten wird. So füllt sich der Saal, und schließlich hole ich unseren TV-Star aus der Garderobe.

Als Rüdiger Sturm den Raum betritt, gibt es einen stürmischen Applaus, der allerdings ziemlich abrupt abbricht.

„Mensch, Rütte!", ruft einer aus dem Publikum. Ein anderer stimmt mit ein: „Rütte, altes Haus ..."

Dann stehen einige Leute auf und gehen auf ihn zu. Ich werde nervös, bemerke aber schnell, dass Rüdiger Sturm diesen Personen freundlich zulächelt.

„Lange nicht gesehen", ruft er ihnen entgegen, und im nächsten Moment hat sich eine ganze Gruppe um ihn geschart.

„Kannst du dich noch an Frau Schrott erinnern? Unsere Musiklehrerin?", fragt ihn ein Mann, der ungefähr in seinem Alter sein könnte. „Mensch, wie lange ist das her!"

„Klar", freut sich Rüdiger Sturm. „Wenn wir frech waren, versuchte sie immer, uns mit ihrem Taktstock auf die Finger zu hauen, schlug aber meistens daneben."

„Das war kein Taktstock", entgegnet der Mann. „Das war ein Lineal."

„Und unser Erdkundelehrer: Herr Patzer ...!", ruft ihm eine Frau aus der Gruppe zu. „Weißt du noch? Der hat uns doch immer mit Schulkreide beworfen, wenn wir mal nicht aufgepasst haben."

„Herr Patzer, richtig", bestätigt Rüdiger Sturm.

Jemand anderes erzählt von dem unbewohnten Grundstück mit der alten Scheune am Stadtrand, wo sie oft zusammen gespielt haben. Dann erfahre ich von einem Krämer namens Naske, der verlockende Bonbongläser in seinem Regal im Schaufenster stehen hatte: mit Brausewürfeln, Lakritzpfeifen, Knuspermünzen und Schleckmuscheln.

Mittlerweile ist es schon Viertel nach acht. Ich bin etwas ratlos, was den Verlauf unserer Veranstaltung betrifft. Ein paar Minuten später aber signalisiert Rüdiger Sturm mit einer Handbewegung, dass wir endlich anfangen sollten. Im selben Moment verklingen die aufgeregten Stimmen, es wird still, und alle gehen zurück auf ihre Plätze. Die Lesung kann beginnen.

Die Geschichte von Kressmann Taylor ist ein Briefwechsel zwischen einem amerikanischen Juden und einem Deutschen. Das Dokument einer Freundschaft, die zur Zeit des aufkommenden Nationalsozialismus an ihre Grenzen stößt. Gebannt blickt das Publikum auf Rüdiger Sturm und folgt der erschütternden Entwicklung, in der es dem amerikanischen Juden am Ende gelingt, seinen deutschen Freund, der mittlerweile zum überzeugten Nationalsozialisten geworden ist, selbst zum Opfer dieses Systems zu machen.

Der nachfolgende Text von Wolfgang Borchert schildert die Begegnung zwischen dem vor Selbstbewusstsein strotzenden Onkel des Erzählers und einem verängstigten Kellner. Beide haben denselben Sprachfehler, glauben aber, der jeweils andere würde sich über sie lustig machen. Eine anrührende und in ihrer Tragikomik letztlich überaus heiter-versöhnliche Erzählung, die die zunehmende Anspannung der Zuhörer wieder auflöst. Rüdiger Sturm bekommt am Ende viel Applaus und muss eine Menge Autogramme geben, bevor die Gäste unser Haus zufrieden verlassen und in die Nacht verschwinden.

„Wissen Sie, ich habe hier in der Gegend meine Kindheit verbracht", erzählt uns Rüdiger Sturm beim Verabschieden.

„Das haben wir natürlich längst bemerkt", sage ich.

„Und als ich von Ihrem Haus gehört habe, dachte ich, es wäre eine schöne Gelegenheit, noch einmal hierher zurückzukehren."

„Ja", meint Hannah. „Das war ein wirklich schöner und sehr überraschender Abend."

Als Rüdiger Sturm längst verschwunden ist, sitze ich mit Hannah immer noch im Büro. Wir trinken einen letzten Wein, und – ausgelöst von diesem Abend, der sich zu einer Zeitreise in die Kindheit von Rüdiger Sturm entwickelt hatte – schwelgen wir plötzlich in Erinnerungen an die vielen Veranstaltungen, die wir hier zusammen bereits erlebt haben.

„Kannst du dich noch an den jungen Mann erinnern, der hier mit Shakespeares *Sommernachtstraum* aufgetreten ist und alle Rollen selbst gespielt hat?", fragt Hannah.

„Ja, klar", antworte ich. „Und die beiden Jungs, die im SM-Outfit zur Musik von Tschaikowski einen Pas de deux hingelegt haben?"

Hannah kreischt. „Stimmt, in Latex Strings und mit Bondage-Gurten. Das war wirklich brüllend komisch!"

„Aber auch die *Bilder einer Ausstellung* mit Klavier, Marimba und Percussion."

„Ja, großartig", schwärmt Hannah.

Und auf einmal fällt uns ein, dass unser *Kulturwerk* demnächst fünf Jahre alt wird. Sollten wir das nicht ein wenig feiern?

# 11

Vor der Tür des *Kulturwerks* parkt der LKW einer Spedition, und der kräftig gebaute Fahrer steht einen Moment später bei mir in der Galerie und fragt nach den Bildern von Philipp Klotz.

„Kommt er nicht selbst?", frage ich den Mann.

„Davon weiß ich nichts", bellt er mir entgegen. „Ich soll nur die Bilder abholen."

Ich nicke und zeige ihm die in Luftpolsterfolie gewickelten Gegenstände, die ringsherum an den Wänden stehen. Gemeinsam mit Hannah habe ich das Konglomerat aus blutrünstigen Kötern und düsteren Wohnblockarrealen unseres Fleischfressers bereits am Tag zuvor versandfertig gemacht. Auch der kleine Junge mit dem Revolver und die staubbedeckten Totenköpfe aus dem Supermarktregal sind schon in Sicherheit gebracht und fest verklebt. Die Ausstellung war kein großer Erfolg. Philipp Klotz hat sich zudem in der ganzen Zeit nicht ein einziges Mal blicken lassen, und selbst den Abtransport der Bilder hat er nun offensichtlich delegiert.

„Den werden wir wohl nie wiedersehen", meint Hannah. „Er ist ins Universum der Carnetarier zurückgekehrt."

„So vermeidet er zukünftig den Anblick von uns pflanzenfressenden Barbaren."

Der Mann von der Spedition scheint uns nicht zu hören, greift sich nacheinander die Pakete und lädt sie in sein Fahrzeug. Dann quittiert er uns den Empfang und verschwindet wortlos.

„Nun glotzen wir auf nackte Wände", beschwert sich Hannah. „Das ist nicht besonders gut geplant, oder?"

„Sollten die kleinen Kinder zwischen Zähne fletschenden Kampfhunden sitzen?", frage ich sie. „Dann lieber nackte Wände, oder?"

Für den Nachmittag haben wir nämlich unser allererstes Kindertheater im Programm. Ein Versuch, den Nachwuchs zukünftig mehr einzubinden. Moritz Sowieso, ein junger Schauspieler aus Bremen, wird mit selbst entworfenen Stabfiguren ein Stück über Gespenster und Monster aufführen, um die jungen Zuschauer davon zu überzeugen, dass Neugier stärker ist als Angst – und weitaus mehr Spaß macht. Der Trailer, den wir uns im Internet angesehen haben, war vielversprechend, und auch die Kritiken sind recht gut.

„Was hast du denn für die nächste Ausstellung geplant?", fragt Hannah. „Hättest du das nicht so organisieren können, dass die neuen Bilder schon hängen, wenn die Kinder kommen?"

„Was regst du dich auf? Wenn es nach dir gehen würde, hätten wir doch überhaupt keine Bilder an den Wänden", entgegne ich.

„Wir hätten dann keine Arbeit mit wechselnden Ausstellungen", sagt Hannah. „Das ist korrekt. Und wir hätten auch keinen Ärger mit exzentrischen Künstlern, die sich abwechselnd als Carnetarier, Diva Assoluta oder Figur aus dem Triadischen Ballett inszenieren. Aber Bilder würden dann natürlich trotzdem hängen. Nur eben immer dieselben und garantiert nichts mit Blut, Bitumen oder Eisenoxid."

Dann wird es still, denn ich reagiere nicht mehr. Ich sage einfach nichts dazu, denn ich fühle mich ein wenig gekränkt und beleidigt.

„Und was hast du nun für die nächste Ausstellung geplant?", fragt Hannah nach einer Weile kleinlaut.

„Wald- und Wiesenlandschaften."

„Klingt erstaunlich romantisch."

„Es kommt nicht darauf an, *was* man malt, sondern *wie* man es malt."

„Vor allem kommt es darauf an, dass die Bilder – welche auch immer – dann rechtzeitig hängen."

„Ich weiß wirklich nicht, warum du plötzlich so gereizt bist."

Hannah sieht auf die Uhr.

„Wann wollte dieser Moritz denn eintreffen", frage ich sie.

„Gegen 14 Uhr."

Das Auto des Puppenspielers fährt relativ pünktlich vor, und einen Moment später kommt uns ein junger Bursche mit rosa gefärbter Stachelfrisur entgegen, der sich - wie erwartet  als Moritz vorstellt. Er zieht mehrere große Koffer aus dem Wagen, die mit bunten Etiketten geschmückt sind. Aufkleber von Orten, an denen er offensichtlich schon zu Gast gewesen ist.

„Das ist Ihre erste Aufführung für Kinder?", fragt er.

„Ja", antwortet Hannah. „Und es ist ausverkauft. Wir sind gespannt, wie das Stück bei den Kleinen ankommt. Ich denke, Monster machen ihnen normalerweise ja eher Angst."

„In meiner Geschichte hat das Monster selbst Angst vor Gespenstern, die es auf dem dunklen Dachboden entdeckt. Das finden die Kinder eigentlich immer lustig und vergessen dabei ihre eigene Angst."

„Das wollen wir doch hoffen", meint Hannah.

Wir zeigen Moritz den Weg in unseren Saal, wo die Aufführung stattfinden soll, und währenddessen erzählt er stolz davon, dass er alle Figuren selbst entwirft und baut, auch die Stücke schreibt und inszeniert und das gesamte Jahr quer durch Deutschland auf Gastspielreise ist. Er informiert uns über sein Repertoire, das er im Lauf der letzten Jahre nach und nach aufgebaut hat. Märchen von Prinzen und Prinzessinnen, Hexen und Zauberern, Seefahrern und Meerjungfrauen, Astronauten ... - und Monstern eben.

„Ich brauche knapp 90 Minuten für den Aufbau", erklärt er schließlich, als wir den Saal erreicht haben und sein Wortschwall abrupt endet.

„Dann lassen wir Sie erstmal in Ruhe alles vorbereiten."

Hannah geht zurück ins Büro, und ich verschwinde in die Küche, um die Getränke und ein paar Snacks für unseren Gast vorzubereiten. Aus der Ferne höre ich, dass Hannah telefoniert, und nach einer Weile wird mir klar, dass es Manuel ist, mit dem sie spricht. Sie hat also noch Kontakt zu dem jungen Cellisten.

Als ich eine halbe Stunde später in den Saal zurückkehre, sehe ich, dass der Puppenspieler einen großen Teil der Bühne bereits aufgebaut hat. Vor dem schwarzen Molton, der zwischen zwei Stativen gespannt den Hintergrund bildet, stehen verschiedene Koffer und ein paar alte Stühle. Eine Art Bettlaken mit Klappmaul und riesigen Kulleraugen ist über ein Stativ gestülpt, und daneben liegt ein zotteliges Etwas mit dicken Füßen und Tischtennisbällen, auf die Pupillen geklebt sind. Doch ich vermisse den Puppenspieler selbst, blicke mich nach allen Seiten um und entdecke ihn dann schließlich rücklings auf dem Boden liegend, alle Viere von sich gestreckt.

„Was ist los?", frage ich ihn.

„Ich weiß nicht", klagt er mit leiser Stimme. „Mir geht es plötzlich nicht so gut. Der Kreislauf ..."

„Kann ich irgendetwas für Sie tun? Kann ich Ihnen etwas bringen?"

Der Puppenspieler schüttelt kraftlos den Kopf. „Ich habe so etwas noch nie erlebt. Ich weiß gar nicht, ob ich in dieser Verfassung überhaupt spielen kann."

„Wie bitte?"

„Mir ist so schwindelig ..."

„Bleiben Sie einfach noch einen Augenblick liegen. Sicher wird es gleich wieder besser", beruhige ich ihn.

Ich setze mich in eine Ecke des Raumes und beobachte den jungen Mann mit der rosafarbenen Stachelfrisur. Zuversichtlich, dass er sich in ein paar Minuten wieder berappelt haben wird. Doch er bewegt sich kaum noch. Er ist doch hoffentlich nicht ohnmächtig geworden, überlege ich. Sollte ich vielleicht einen

Krankenwagen rufen? Hat er womöglich gestern zu viel und zu lange gefeiert?

„Und? Geht es schon besser?", frage ich nach einer Weile vorsichtig.

„Es tut mir wirklich leid", klagt er. „Aber ich denke, ich muss alles wieder einpacken. Es geht nicht." Dann kämpft er sich langsam wieder auf die Beine, schüttelt sich kurz und beginnt, die Dekoration abzubauen.

„Und was soll ich den Kindern erzählen?", frage ich verdutzt. „Dass das Monster krank geworden ist?"

„Kinder haben für so etwas mehr Verständnis, als Sie denken."

Hannah kommt herein. „Na, wie sieht's aus?", fragt sie fröhlich und blickt in die Runde.

„Ihm ist schlecht", sage ich. „Er packt wieder ein."

„Da werden sich die Kinder aber freuen."

„Tut mir wirklich leid", jammert Moritz.

„Ist es denn wirklich so schlimm?", fragt Hannah.

„Glauben Sie, ich simuliere?", fragt der Puppenspieler leicht verärgert.

„Es geht nicht darum, was ich glaube, aber Sie können die Kinder jetzt doch nicht im Stich lassen."

Monster und Gespenst verschwinden allerdings endgültig wieder in den Koffern, und unser junger Puppenspieler scheint fest entschlossen, sein Gastspiel vorzeitig zu beenden. Hannah wirft ihm einen letzten irritierten Blick zu, dreht sich dann um und verlässt kopfschüttelnd den Raum. Ich hingegen bleibe etwas ratlos stehen und beobachte den Künstler beim Zusammenpacken seiner Ausstattung.

Kurze Zeit später ist unser Puppenspieler verschwunden, und ich überlege, was wir den Kindern erzählen können, die in Kürze erwartungsfroh eintreffen werden.

Hannah war in der Zwischenzeit kurz hinüber in den Schreibwarenladen gelaufen und hatte eine Menge bunter Filzstifte und Zeichenpapier besorgt. Als ich sie frage, was sie damit vorhat, zwinkert sie mir nur lächelnd zu und sagt: „Wart's ab."

Dann stürmen nach und nach – begleitet von aufgeregtem Gekreische - die Kinder herein. Hannah versucht, sie zu beruhigen.

„Ihr müsst ganz leise sein", raunt sie ihnen zu, als es in der Menge etwas stiller geworden ist.

„Wieso?", fragt ein kleiner Junge.

„Das Monster ist ein sehr ängstliches Monster", erklärt Hannah den Kindern. „Es fürchtet sich besonders vor kleinen, schreienden Kindern."

Die Kleinen lachen ungläubig.

„Das Monster braucht doch keine Angst zu haben", ruft ein Mädchen, und ein Junge fügt stolz hinzu: „Wir tun ihm doch nichts."

Hannah erzählt, das Ungetüm habe sich versteckt und deshalb müsse ausnahmsweise niemand Eintritt bezahlen. Weil man es ja nicht sehen kann.

„Aber ich habe eine Idee", fügt sie dann hinzu. „Ihr bekommt alle ein Blatt Papier und Filzstifte, und dann malt jetzt jeder von euch ein schönes, grässliches Ungetüm."

„Und was dann?", fragen die Kinder im Chor.

„Dann halten wir alle die Bilder hoch und rufen nach dem Monster. Und wenn es in seinem Versteck sieht, dass da noch viele andere Monster sind, hat es vielleicht keine Angst mehr."

Das gefällt den Kindern. Sie reißen Hannah das Papier und die Filzstifte aus den Händen, verteilen sich bäuchlings überall auf dem Boden und beginnen zu malen.

Im ersten Moment staune ich, wie souverän Hannah mit der Situation umgeht. Doch dann werde ich stutzig.

„Wie soll das denn enden?", frage ich sie. „Die Kinder werden am Ende enttäuscht sein, dass sich dann doch kein Monster blicken lässt."

„Wart's ab", sagt Hannah wieder.

Nach einer Weile haben die Kleinen ihre Monster zu Papier gebracht, und die sehen wirklich furchterregend aus. Hannah fordert alle Kinder auf, mit in den großen Saal zu kommen. Auf Kommando halten sie dann ihre Bilder in die Höhe und rufen *Monster ...!*

Nichts passiert.

„Monster ...!", rufen sie nochmal im Chor.

„Da ist es!", ruft Hannah plötzlich und zeigt mit dem Finger in eine Ecke des Raumes. Die Kinder schrecken hoch und drehen sich in die von Hannah angedeutete Richtung um.

„Wo denn?", rufen die Kinder. „Ich sehe nichts."

„Ihr seht es nicht?", fragt Hannah in aufgeregtem Tonfall. „Da steht es doch und winkt euch freundlich zu. Es ist ein liebes Monster, soviel ist sicher."

Die Kleinen schauen Hannah verdutzt an.

„Monster sind natürlich spezielle Wesen. Nicht jeder kann sie sehen. Nur besonders kluge und vor allem mutige Kinder."

Angestrengt schauen die Kleinen wieder in die Ecke des Raumes.

„Da, ich sehe es!", ruft ein Junge aufgeregt.

„Ich auch", meint eines der Mädchen. Und nacheinander stimmen alle begeistert mit ein.

„Kommt mir irgendwie bekannt vor", sage ich zu Hannah.

„*Des Kaisers neue Kleider*", verrät sie.

Zwei Tage später steht wieder der LKW einer Spedition vor der Tür. Dieses Mal allerdings sehnsüchtig erwartet. Es sind die Wald- und Wiesenlandschaften von Guido Tobler, die für die neue Ausstellung geplant sind. Da Guido in Süddeutschland lebt, hatten wir vereinbart, dass er die Arbeiten von der Spedition anliefern lässt.

Im Handumdrehen ist der LKW ausgeräumt, und die Bilder stehen - noch transportsicher verschnürt - in den Räumen der Galerie. Ungeduldig beginne ich sofort mit dem Auspacken und ziehe überrascht sehr farbenfroh bemalte Leinwände aus den Kartons, die mich so gar nicht an Wälder oder Wiesen erinnern.

„Cocktails?", höre ich eine Stimme hinter mir rufen, drehe mich um und blicke in das verdutzte Gesicht von Torben Leander.

„Ich habe dich gar nicht hereinkommen gehört", sage ich.

„Du warst so mit dem Auspacken beschäftigt", erklärt mir Torben. „Das beständige Knistern der Luftpolsterfolie hat dich offensichtlich ganz gefangen genommen."

Ich blicke wieder ungläubig auf die Bilder von Guido.

„Sehr fröhliche Farben", freut sich Torben.

„Abgesprochen waren Wald- und Wiesenlandschaften", antworte ich.

„Es sind eindeutig Cocktails", bestätigt Torben, und ich meine, ein wenig Schadenfreude in seiner Stimme zu hören.

Auf den großformatigen Bildern ist tatsächlich jeweils ein riesiges Glas mit einer farbigen Flüssigkeit zu sehen. Mal giftgrün, mal knallgelb, mal leuchtend rot.

„Das ist eindeutig ein Caipirinha", stellt Torben fest und zeigt auf das Glas mit giftgrünem Inhalt. „Zuckerrohrschnaps mit Limette."

„Aha."

„Und das dort müsste ein Mai Tai sein. Jamaika-Rum und Orangenlikör."

„Und der Gelbe hier?", frage ich.

„Könnte ein Screwdriver sein. Wodka und Orange. Oder Tequila Sunrise. Tequila mit Orange."

„Na, super", reagiere ich enttäuscht und verärgert. „Zwei Meter hohe Ölgemälde, auf denen nichts zu sehen ist außer eines blöden Cocktails. Und davon zehn Leinwände nebeneinander."

„Warhol hat Coca-Cola-Flaschen und Suppendosen gemalt", meint Torben. „Da sind bunte Cocktails doch weitaus dekorativer, findest du nicht?"

„Ich möchte einfach, dass sich die Leute an die Absprachen halten."

„Ich glaube, du leidest immer noch an dem Winterreise-Syndrom, mein Lieber", amüsiert sich Torben.

„Was willst du überhaupt hier?", frage ich und versuche, meine Wut auf ihn zu verbergen.

„Kannst du dich an meine Idee mit den heliumgefüllten Polyester-Figuren erinnern?"

„Ja, sicher."

„Ich bin damit zur nächsten Jahresausstellung beim Bund Bildender Künstler eingeladen. Aber jetzt lasse ich dich mit deiner Cocktailbar lieber allein."

Am Nachmittag rufe ich Guido an und erkläre ihm, dass ich mich über die Auswahl der Bilder wundere, die er mir geschickt hat. Wie ich erfahre, hat er die Wald- und Wiesenlandschaften inzwischen bereits zum größten Teil verkauft.

„Die Cocktails sind eine neue Serie, die ich begonnen habe. Super, oder?"

„Was kommt als Nächstes?", frage ich ihn. „Pizzaschachteln?"

„Keine schlechte Idee", findet er.

„Es ist einfach nicht das, was wir ausgemacht hatten. Wer will sich denn Cocktails in zwei Meter mal eins zwanzig an die Wand hängen? Das verkauft sich doch nicht!"

„Du wirst dich wundern. Und überhaupt: Seit wann denkst du bei der Auswahl der Bilder ans Verkaufen?"

## 1 2

Ich habe mir für den heutigen Abend vorgenommen, dem Malkurs von Simon einen kurzen Besuch abzustatten. Ich möchte meinem Liebsten zeigen, dass ich an seinem neuen Engagement im *Kulturwerk* durchaus Anteil nehme. Bereits in der Diele höre ich das aufgeregte Geplapper der drei Damen. Die Stimmung scheint gut zu sein. Ich klopfe kurz an die Tür und gehe dann unaufgefordert hinein. Mein erster Blick fällt auf Jannik. Simon steht direkt neben dem Jungen und hat sich zu ihm hinuntergebeugt. Er scheint ihm etwas zu erklären.

„Hallo", grüße ich in die Runde. „Wie läuft's?"

Das Geplapper endet abrupt. Alle drehen sich zu mir um, wenden sich dann aber gleich wieder ihrer Malerei zu.

„Ziehe da ruhig nochmal eine weitere Farbschicht drüber", sagt Simon zu Jannik, der ihm aufmerksam zuhört und ihn dabei beinahe ehrfürchtig ansieht. „Und ruhig etwas mehr Wasser in die Farbe mischen."

Die drei Damen arbeiten für sich allein, und ich gehe zu Rita, die gebannt vor einem großen, weißen Blatt Papier sitzt.

„Was ist los?", frage ich sie. „Sieht aus, als wolltest du das Papier hypnotisieren."

„Simon hat gesagt, ich soll zuerst mit einem Kreidestift die Perspektive vorzeichnen. Dann könnte ich mich nachher beim Malen ganz auf die Farbe konzentrieren."

„Und worauf wartest du?"

„Ich weiß nicht, wo ich anfangen soll", gesteht sie, und der schwarze Stift, den sie in der rechten Hand hält, schwebt zitternd über dem schneeweißen Blatt.

„Ich komme gleich zu dir", ruft Simon zu ihr herüber, ohne den Blick von Jannik abzuwenden.

Rita gegenüber sitzt Antonia, die damit beschäftigt ist, mit Ölkreiden einen Leoparden zu zeichnen.

„Wieso hast du das Bild beim Schwanz begonnen?", frage ich sie. „Ich würde immer beim Kopf anfangen."

„Das kann ich nicht", beteuert sie. „Ich male immer von hinten nach vorn oder von unten nach oben."

„Sieht aber so aus, als würde der Kopf jetzt nicht mehr ganz auf das Blatt passen", entgegne ich, woraufhin sie mich hilflos lächelnd anschaut.

„Er könnte über die Schulter hinter sich blicken", fällt mir dann ein. „So hätte der Kopf noch Platz auf dem Papier."

Antonia denkt einen Moment über meinen Vorschlag nach, sieht abwechselnd auf den Leoparden und mich und stimmt mir dann erleichtert zu.

Simon ist weiterhin auf Jannik konzentriert. „Immer noch eine neue Schicht darüber und die Farbe dann gleich wieder leicht abtupfen", erläutert er dem Jungen die Arbeitsweise in ruhigem Ton. „Schicht um Schicht. Und dann schauen, was auf dem Bild passiert. Lass dich auf einen langen Arbeitsprozess ein. Du musst den Kopf ganz ausschalten."

„Ich könnte ja auch mal den Spachtel nehmen, oder?" fragt Jannik.

„Auf jeden Fall. Gute Idee."

Ich wende mich wieder ab und sehe zu Mechthild hinüber, die mit ihrer Nase beinahe das Papier berührt, das vor ihr liegt. Sie malt mit einem extrem dünnen Pinsel und Aquarellfarbe die Blätter eines Baumes.

„Das wird ein Wald, richtig?", frage ich sie.

Mechthild nickt. „Simon meint, ich müsste nicht jedes einzelne Blatt so detailliert ausmalen. Aber wie denn sonst? Ich kann da doch nicht bloß eine große grüne Fläche hinklatschen."

„Nein, versuche es mal so", höre ich wieder die Stimme von Simon und sehe erneut zu ihm und Jannik hinüber. Ihre Gesichter berühren sich fast, und ich frage mich, ob Rita, Antonia und Mechthild zwischendurch auch mal etwas Aufmerksamkeit bekommen. Simon ist mir etwas zu sehr auf den jungen Jannik fokussiert. Moment, denke ich dann: Habe ich Grund, eifersüchtig zu sein?

„Wir sollten den Bürgermeister fragen, ob er eine kleine Rede hält", schlägt Hannah vor.

Ich sitze ihr am nächsten Vormittag in unserem gemeinsamen Büro gegenüber, und wir sind damit beschäftigt, das Fest zum fünfjährigen Bestehen des *Kulturwerks* zu organisieren.

„Probieren können wir es ja", sage ich.

„Und neben unseren Stammgästen müssten wir auch unbedingt einige der Künstler einladen, die im Lauf der Zeit zu uns und unserem Haus eine besondere Beziehung aufgebaut haben."

„Vielleicht trägt der eine oder andere von ihnen ja sogar mit einem kleinen Auftritt zum Abend bei", fällt mir ein, denn warum soll es zu dem feierlichen Anlass nicht auch ein buntes Programm geben? Eine kleine, repräsentative Mischung aus unserem üblichen Angebot: Musik, Kabarett, Comedy.

„Ich finde, wir sollten ihnen an dem Abend zugestehen, ganz privat dabei zu sein", meint Hannah. „All unsere Gäste sollen feiern, nicht arbeiten."

Felix, Silvio und Camilla von unserem Mozart-Projekt dürfen bei dem Fest auf keinen Fall fehlen, überlegen wir. Hannah erwähnt Rüdiger Sturm, doch ich gebe zu bedenken, dass ein prominenter Schauspieler sicher Besseres zu tun hat, als in irgendeiner Kleinstadt den fünften Geburtstag eines Kulturhauses zu feiern.

„Du vergisst, dass es für ihn nicht irgendeine Kleinstadt ist", wendet Hannah ein, „sondern der Ort seiner Kindheit."

Ich stimme ihr zu und schlage dann Tim Weber vor, der mit dem schwulen Theaterstück bei uns zu Gast war und sogar das Fernsehen anlocken konnte.

„Unbedingt", freut sich Hannah.

„Und wie ist es mit Manuel ...?"

„Klar, der kommt auch."

Natürlich fallen uns auch ein paar Künstler ein, die wir auf keinen Fall fragen werden. Richard Stunk zum Beispiel, der sich wahrscheinlich in Begleitung eines Groupies innerhalb von einer Stunde mit dem teuersten Champagner der Welt volllaufen lassen würde. Und Philipp Klotz?

„Wir könnten ihn mit einer Metttorte locken", sagt Hannah und muss laut lachen. „Oder einem Gugelhupf aus Rinderhack."

„Wie viele Leute dürfen es denn insgesamt werden? Was denkst du?"

„Wir können gern bis zu siebzig Personen einladen", schlägt Hannah vor. „Meistens kommen ja sowieso nicht alle."

„Die Einladungskarte müsste etwas ganz Besonderes sein", überlege ich.

„Ich habe schon im Internet recherchiert", sagt Hannah. „Die bieten da zum Beispiel echte Vinyl-Singles an, auf deren Etikett in der Mitte man die Einladung drucken lassen kann."

„So etwas gibt es?"

Hannah nickt.

„Und was ist auf der Single zu hören, wenn man sie abspielt?"

„Keine Ahnung."

„Vielleicht können wir für die Platte ja einen Song aufnehmen?", schlage ich vor.

*„We are the world."*

Und wir fangen spontan an zu singen: *We are the world, we are the ones who make a brighter day ...*


Am späten Abend komme ich mit Simon gerade aus dem Kino in der Kreisstadt, und wir sind auf dem Weg zurück zum Auto. Der neue Film von Polanski, den wir uns angesehen haben, wirkt noch nach. Es ist still zwischen uns. Die Luft ist kühl und klar. Ich muss an Louis Garrel denken. Ein attraktiver Mann, den ich in der

Rolle des Dreyfus überhaupt nicht wiedererkannt habe. Großartiger Schauspieler, beeindruckende Maske.

Plötzlich bricht Simon das Schweigen und fragt mich, ob wir nicht mit seinen Schülern vom Malkurs eine Ausstellung im *Kulturwerk* machen könnten.

„Besonders Jannik entwickelt sich großartig. Er überrascht mich immer wieder neu. Jannik ist wirklich unglaublich talentiert und außerdem ein so einfühlsamer und freundlicher Mensch", schwärmt Simon.

„Und Rita? Und Antonia? Und Mechthild?", frage ich ein wenig gereizt, und ich muss wieder daran denken, dass Simon sich nur um Jannik gekümmert hat, als ich dem Malkurs einen Besuch abgestattet habe.

„Ja, klar", entgegnet Simon etwas irritiert. „Sie sind natürlich alle vier ziemlich gut. Und eine Ausstellung im Haus würde sie bestimmt zusätzlich motivieren."

„Aber gleich eine Ausstellung? Geht das nicht etwas zu schnell?", wende ich ein. „Sie mögen ja talentiert sein, aber es sind letztlich noch Anfänger."

„Aber gerade Jannik ...", beginnt Simon erneut.

„Gerade Jannik?", unterbreche ich ihn und erschrecke selbst über meinen etwas zu rüden Ton.

„Wir könnten auf diese Weise auch nochmal öffentlich auf den Malkurs aufmerksam machen", fügt Simon in gleichbleibend ruhigem Ton hinzu.

„Ach, ich weiß nicht so recht", zögere ich.

„Das zeigt mal wieder, wie wenig ernst du mein Engagement nimmst." Er wird plötzlich ein wenig wütend. „Du überredest mich, den Malkurs anzubieten, aber in Wirklichkeit interessiert dich das alles gar nicht."

„Das stimmt doch nicht", sage ich.

„Du wolltest mich nur irgendwie bei Laune halten."

„Blödsinn!"

Wir steigen ins Auto, und Simon startet den Motor, der einen Moment lang ungewohnt laut aufheult.

„Wir müssen uns erstmal um unser Fest zum fünf-jährigen Bestehen kümmern", versuche ich ihn zu ver-trösten. „Das wollen wir ein bisschen feiern, und da-nach reden wir nochmal darüber. Okay?"

„Und was ist daran so besonders, dass Ihr Haus fünf Jahre alt wird?", fragt mich Frau Quecke.

Ich stehe an ihrem Schreibtisch in der Redaktion, um sie zu unserem Fest einzuladen. Natürlich in der Hoff-nung, dass sie darüber einen Artikel für die Lokalzei-tung verfasst.

„Das Besondere ist, dass wir mit unserem an-spruchsvollen Kulturprogramm hier in der kleinen Stadt fünf Jahre durchgehalten haben – und auch nicht beabsichtigen, das in naher Zukunft wieder aufzuge-ben", antworte ich ihr.

„Aber fünf Jahre sind überhaupt nichts!", meint sie. „Das ist ein Kindergeburtstag."

„Ein Kindergeburtstag?"

„25 Jahre oder 50 Jahre. Das wäre ein Grund zum Feiern."

Ich erkläre ihr, dass ich damit vorläufig nicht auf-warten kann, und sie beteuert, dass ihr das leidtäte. Was ich ihr natürlich nicht abnehme. Kommentarlos lege Frau Quecke unsere Einladungskarte auf den Schreibtisch: Eine Vinyl-Single, wie ich es mit Hannah geplant hatte. Allerdings ohne selbst aufgenommenen Song. Wir haben uns aus dem verfügbaren Angebot für *We're Gonna Have A Good Time* entschieden. Dann verabschiede ich mich so freundlich, wie es mir in dem Augenblick möglich ist.

Eine halbe Stunde später treffe ich Hannah im Café und erzähle ihr von meinem Besuch in der Redaktion.

„Mich überrascht das gar nicht", ist ihr Kommentar, und bei einem Latte macchiato ziehen wir eine erste Bilanz, was die Resonanz auf unsere Einladung betrifft.

Gefreut hat uns, dass der Bürgermeister bereit sein wird, ein paar Grußworte zu sprechen. Das ist umso erstaunlicher, weil er unsere kulturelle Arbeit bislang eher ignoriert hat. Auch Camilla und Felix, die Protagonisten unseres Mozart-Projekts, haben schon unabhängig voneinander zugesagt. Felix hat gerade kein Engagement, und Camilla besucht ja immer noch die Schauspielschule. Silvio allerdings, unser Da Ponte, wird wohl nicht kommen können. Er befindet sich zu Dreharbeiten in Italien.

„Aber Rüdiger Sturm ist dabei", freut sich Hannah. „Heute Morgen kam eine Mail von ihm. Er bringt seine Frau mit, schreibt er. Es sei eine gute Gelegenheit, ihr einmal zu zeigen, wo er seine Kindheit verbracht hat."

„Damit habe ich echt nicht gerechnet", gestehe ich.

„Und hast du schon etwas von Tim Weber gehört?", fragt sie.

Ich nicke. „Er kommt."

„Schön."

Nach Manuel, unserem Engel am Cello, erkundige ich mich bei Hannah gar nicht erst. Ich bin mir sicher, dass er sich das Fest nicht entgehen lassen wird. Schon allein deshalb, weil es eine schöne Gelegenheit bietet, Hannah wiederzusehen.

Später sitze ich in der Galerie und rufe im Internet nacheinander die Websites von den drei ortsansässigen Restaurants auf, um mir ihre Angebote für ein Catering zu unserem Fest anzusehen. Im Lauf der Zeit habe ich leider die Erfahrung gemacht, dass man sehr vorsichtig sein muss, was Absprachen mit den hiesigen Restaurants betrifft. Im *Dorfkrug* zum Beispiel hatten wir schon des Öfteren Canapés geordert, die ja nichts anderes sind als üppig belegte Brotscheiben. Kein kulinarischer Drahtseilakt also. Immer wieder habe ich den Wirt gebeten, auf Zutaten wie Bierschinken und Jagdwurst, Tilsiter und Zwiebelmett zu verzichten. Es müssen ja keine Venusmuscheln sein, aber ich hatte zumindest auf Lachs, Parmaschinken und Taleggio gehofft. Nicht die Menge zählt, habe ich ihm erklärt, sondern die Qualität. Jedes Mal hat er mir zugesagt, darauf zu achten – und dann doch gemacht, was er wollte. Und die Trattoria *San Michele*, die wirklich Wert auf erstklassige Zutaten legt, hat uns für eine Vernissage einmal ausgesprochen raffiniert zusammengestelltes Fingerfood geliefert. Das Buffet wurde uns in großen, schwarzen Keramikschalen angerichtet, die auf schmalen Sockeln über dem Tisch schwebten. Das sah sehr elegant aus, doch nachdem eine der Schalen von den Gästen schon etwas leergeräumt worden war, verlor sie die Balance, kippte von ihrem Sockel und riss in einer Kettenreaktion alle anderen Schalen mit zu Boden. Das Chaos war perfekt, der Rest des Essens ungenießbar. Für die Zukunft und somit auch für unser Fest habe ich mir vorgenommen, die Absprachen mit dem Wirt oder Koch vorher schriftlich festzuhalten, andererseits aber auch auf waghalsige Experimente zu verzichten. Sicher ist sicher.

Gerade will ich bei *San Michele* anrufen, als sich die Tür öffnet und ein Mann die Galerie betritt, der mich mit seiner streng korrekten Kleidung an einen Banker erinnert. Und im nächsten Moment fällt mir ein, dass es der Herr ist, der das Bild von Simon gekauft hatte. Das Rapsfeld.

Ich begrüße ihn freundlich.

„Sie erinnern sich an mich?", fragt er und lächelt.

„Aber sicher."

„Ich bin hier, um Sie zu fragen, ob es möglich wäre, mit den Landschaften von Simon Möller eine Ausstellung zu machen."

Die Worte des vermeintlichen Bankers machen mich einen Moment sprachlos.

„Entschuldigung. Vielleicht sollte ich mich erstmal vorstellen. Mein Name ist Ziegler. Maximilian Ziegler. Und ich bin Galerist. Ich besitze Ausstellungsräume auf Sylt."

„Freut mich", antworte ich. „Und: Ja, grundsätzlich wäre das sicher möglich. Allerdings sind Landschaften zurzeit nicht das bevorzugte Sujet von Herrn Möller."

„Sondern?"

„Er arbeitet an einer Serie mit Figuren aus der Theater-Mythologie. Prometheus, König Ödipus, Medea ..."

„Meinen Sie, dass er bereit wäre, für eine Ausstellung auch wieder einmal Landschaften zu malen?"

„Ich weiß es nicht. Herr Möller ist ja kein Auftragsmaler."

Der Mann wird unruhig, lässt nun das erste Mal seinen Blick durch die Galerie schweifen und entdeckt die überdimensionalen Cocktails an den Wänden, die mir in diesem Augenblick plötzlich peinlich sind. Am liebsten würde ich ihm erklären, dass ich diese Bilder eigentlich nie für eine Ausstellung ausgewählt hatte, sondern vom Künstler überrumpelt wurde. Aber ich halte mich zurück.

„Cocktails. Ein seltsames Sujet für Ölgemälde", höre ich den Mann sagen.

„Ich werde mit Herrn Möller sprechen", entgegne ich und ignoriere seinen Kommentar. „Geben Sie mir Ihre Karte, dann werden Sie kurzfristig wieder von uns hören."

Als ich am Abend nach Hause komme, überrascht mich Simon wie so oft mit einem leckeren Essen. Während ich im Wohnzimmer den von ihm gedeckten Tisch inspiziere, schwärmt er mir, aus der Küche rufend, von einem neuen Rezept vor, das er entdeckt hat und einmal ausprobieren wollte. Bevor ich fragen kann, um was genau es sich denn handelt, steht er schon mit den angerichteten Tellern vor mir.

„Gefüllte Auberginen mit Feta und Granatapfel."

„Und das bunte Zeug obendrauf?", frage ich, als er die Teller auf den Tisch stellt.

„Kapuzinerkresse. Hat viel Vitamin C."

Sieht schön aus. Ich wusste allerdings nicht, dass man auch die Blüten essen kann. Doch sie gelten sogar als Heilmittel, wie ich dann von Simon erfahre.

„Ich hatte heute in der Galerie Besuch von dem Typen, der neulich dein Rapsfeld gekauft hat."

„Und? Hat er gefragt, ob er das Bild wieder zurückgeben kann?"

Ich muss lachen, weil diese Frage so typisch ist für Simon. Er glaubt einfach nicht an sein Talent. Und auch als ich ihm verrate, dass der Mann mit seinen Landschaften auf Sylt eine Ausstellung machen möchte, bleibt mein Liebster skeptisch.

„Außerdem male ich keine Landschaften mehr."

„Das habe ich ihm auch gesagt. An deinen Bildern zur Theater-Mythologie hat er aber weniger Interesse."

„Also hat sich die Sache doch erledigt."

„Es sei denn, du beginnst wieder damit, Landschaften zu malen."

„Warum gerate ich eigentlich immer wieder in Situationen, in denen man von mir verlangt, etwas anderes zu tun als das, was ich gerade mache?"

Simon erwartet keine Antwort auf seine Frage, und ich wüsste in diesem Moment auch nicht, wie ich darauf reagieren sollte. Er hat einen wunden Punkt getroffen. Nicht zuletzt, weil ich ihn überredet habe, mit mir in die Provinz zu ziehen.

„Was ist eigentlich mit Jannik?", frage ich dann.

„Was soll mit Jannik sein?"

„Ich glaube, er ist in dich verliebt."

„Quatsch."

„Und du?"

„Spinnst du? Jannik könnte mein Sohn sein."

„Er ist ein hübscher Junge."

„Jannik erfüllt ein bisschen das, was ich mir immer gewünscht habe, ja. Ich hätte gern einen Sohn gehabt. Oder wenigstens einen Neffen. Leider aber bin ich ein schwules Einzelkind. Und dann taucht da plötzlich dieser Jannik auf, der sich für das interessiert, was ich mache. Der von mir lernen will und sich mir anvertraut. Das ist etwas sehr Schönes. Nicht mehr und nicht weniger."

Ich schäme mich ein wenig für meine Eifersucht, aber ich beneide Simon auch um seine Freundschaft mit Jannik.

„Wir sollten die Ausstellung machen", entscheide ich aus einer Laune heraus.

„Welche Ausstellung meinst du jetzt? Die auf Sylt?"

„Nein, die Ausstellung der Schüler aus deinem Malkurs."

Simon lächelt.

„Ich freue mich doch, dass dein Malkurs so gut läuft. Und vielleicht klappt es ja auch mit der Galerie auf Sylt, wer weiß?"

Wir greifen nach unseren Weingläsern und stoßen an.

„Übrigens", sage ich dann. „Ich mag keine Auberginen."

„Da kennen wir uns nun verflixte sieben Jahre und können uns immer noch überraschen."

## 1 3

„Der Gedanke, dass man auf das kulturelle Angebot seiner Stadt genauso stolz sein könnte, wie auf den örtlichen Fußballverein, der hat sich bei den meisten von uns Kleinstädtern schlicht noch nicht durchgesetzt." Der Bürgermeister macht ein verschmitztes Gesicht, und die anwesenden Gäste reagieren mit einem kurzen Lacher. Seit zehn Minuten steht das von seinen Bürgern gewählte Oberhaupt der Stadt vorn auf unserer improvisierten Bühne. Der Saal ist gut gefüllt. Ich zähle ungefähr vier Dutzend Besucher, die sich entweder an ihrem Glas Sekt oder einem Orangensaft festhalten und der launigen Rede lauschen.

„Während sich kleinere Gemeinden wie die unsere etwa beim Sportangebot nicht lumpen lassen", fährt der Bürgermeister fort, „wird die Kultur immer noch vernachlässigt. Da ist sie dann leider sich selbst überlassen, und so ist es schön zu sehen, dass es Bürger gibt, die sich engagieren. Wie hier im *Kulturwerk*, das heute seinen fünften Geburtstag feiert."

Die Rede endet mit einem Glückwunsch an Hannah und mich und einem kräftigen Applaus, den wir uns mit dem Bürgermeister teilen müssen. Dann stellt Hannah sich an dessen Seite, bedankt sich zuerst bei ihm, anschließend bei den anderen anwesenden Gästen.

„Insofern möchte ich Sie alle herzlich bitten, so oft wie möglich wiederzukommen" sagt Hannah zum Abschluss. „Wie Sie bei uns im Haus jederzeit werden feststellen können: Kultur tut nicht weh. Sie ist vielfältig – und kann sogar recht unterhaltsam sein. Und eines verspreche ich Ihnen: Im *Kulturwerk* amüsieren Sie sich nie unter Ihrem Niveau."

Applaus ertönt, und als Hannah nun den offiziellen Teil beenden möchte, tritt Rüdiger Sturm nach vorn und bittet darum, auch noch ein paar Worte sagen zu dürfen.

„Einige von Ihnen wissen vielleicht, dass ich hier ganz in der Nähe aufgewachsen bin", beginnt er. „Ich erinnere mich gern zurück an jene Zeit, und als ich vor einigen Monaten hörte, dass es hier mittlerweile ein Kulturhaus gibt, dachte ich, es wäre doch eine schöne Gelegenheit, im Rahmen einer Lesung einmal an den Ort meiner Kindheit zurückzukehren. Tatsächlich gab es dann ein Wiedersehen mit einigen meiner ehemaligen Schulkameraden. Und nun bin ich heute schon wieder hier, habe mich über die Einladung zu diesem kleinen Fest sehr gefreut und diesmal auch meine Frau mitgebracht. Ohne dieses schöne Kulturhaus hätte ich vielleicht nie wieder hierher zurückgefunden, wer weiß? Kultur wird auf dem Land oft belächelt und als elitärer Unsinn abgetan. Hier versteht man unter Kultur meistens nur die Beschäftigung mit der Vergangenheit, die Bewahrung von Traditionen. Sicher, auch das ist Kultur. Ausreichend aber ist es nicht. Seien Sie deshalb stolz auf dieses Haus."

Wieder ertönt Applaus, und Hannah bedankt sich nun auch bei Rüdiger Sturm und eröffnet das Büffet.

Ich nicke dem Bürgermeister freundlich zu, als sich unsere Blicke kreuzen.

„Schön, dass Sie es heute einrichten konnten", sage ich zu ihm.

„Ach, das ist doch nicht der Rede wert", meint er dann. „Ich bin aber auch gleich wieder verschwunden. Die Arbeit ruft, Sie verstehen."

Ich nicke wohlwollend und entdecke hinter ihm Frau Quecke unter den Gästen, mit der ich eigentlich gar nicht mehr gerechnet hatte. Sie bedrängt gerade Rüdiger Sturm und dessen Frau.

„Ich kann mich erinnern, dass ich Sie vor kurzem in einem Fernsehfilm gesehen habe", höre ich Frau Quecke zu Rüdiger Sturm sagen, als ich mich ihnen ein wenig nähere. „Wie hieß der Film bloß?", überlegt sie einen Moment. „Aber Sie waren wie immer großartig."

Rüdiger Sturm bedankt sich freundlich.

„Und Sie sind wirklich hier in der Gegend aufgewachsen?", fragt sie weiter.

Auf der anderen Seite sehe ich den jungen Jannik, der von Tim Weber in ein Gespräch verwickelt wird.

„Was hat dich denn auf dieses Fest verschlagen?", fragt er ihn.

„Ich bin hier in der Malgruppe von Simon", sagt Jannik und wirkt dabei ein wenig schüchtern. „Und Sie?", fragt er zurück.

„Du kannst mich ruhig duzen", meint Tim Weber und erzählt ihm, dass er Schauspieler ist und hier einmal ein Gastspiel gegeben hat.

„Geht das denn? Im Rollstuhl?"

„Es *geht* nicht. Es *rollt*", zwinkert Tim Weber dem Jungen zu.

„Du bist *auch* Schauspieler?", vernehme ich die Stimme von Camilla, die das Gespräch zwischen Tim und Jannik mitgehört hat und sich nun dazustellt. Sie erzählt, dass sie selbst Schauspiel studiert. Als Tim bemerkt, dass Jannik sich nun vielmehr für Camilla als für ihn interessiert, wirkt er etwas zerknirscht. Sie aber nimmt das gar nicht wahr.

„Ich habe hier auch schon gespielt. Ich war die Frau von Mozart in einem Stück über eine seiner unbekannten Opern."

„Ich dachte, Mozart war schwul", sagt Jannik.

„Tschaikowsky war schwul", meint Tim Weber. „Und Beethoven wahrscheinlich auch. Mozart aber sicher nicht."

Jannik wird rot.

„Unser Mozart hieß Felix", fährt Camilla unbeirrt fort. „Das ist der Typ da drüben." Sie zeigt in Richtung des anderen Endes des Raumes, wo sich Felix nun mit Rüdiger Sturm unterhält.

„Da befinden Sie sich ja in bester Gesellschaft", höre ich Rüdiger Sturm gerade zu Felix sagen.

„Inwiefern?", fragt der.

„Na, selbst der brillante Oskar Werner hat einmal den Mozart gespielt. Ein Jahrhundertschauspieler!"

„Ich war natürlich auch schon an größeren Bühnen engagiert", prahlt Felix. „Zuletzt habe ich in Braunschweig den Osvald in Ibsens *Gespenster* gespielt."

„Ein interessantes Stück, wenn es intelligent inszeniert wird", meint Rüdiger Sturm.

„Ich würde ja gern auch mal eine größere Rolle in einem Fernsehfilm übernehmen, aber bislang hat das irgendwie nicht geklappt."

„Die Figuren haben einen Durchmesser von zirka zwei Metern, und sie sind aus Polyester", erklingt plötzlich hinter mir die Stimme von Torben Leander.

Ich drehe mich um und sehe ihn mit Rita, Mechthild und Antonia zusammenstehen.

„Insgesamt sind es vier: eine Kugel, eine Pyramide, ein Kegel und ein Würfel. Sie werden mit Helium gefüllt, und sie stecken in Käfigen, die von der Decke herabhängen."

Die drei Frauen aus Simons Malkurs zeigen sich schwer beeindruckt, und Torben genießt die Aufmerksamkeit.

„Aber sind die Figuren für diese Räume nicht viel zu groß?", fragt Antonia.

„Sie sind ja gar nicht für dieses Haus gedacht", versichert Torben und erzählt ihnen, dass ich ja eher düstere Werke bevorzugen würde. Sie sollten sich durch die bunten Cocktails an den Wänden nicht täuschen lassen. Ich hätte ja geradezu eine Allergie gegen frohe Farben, und seine geometrischen Figuren seien ja ganz bewusst hellblau und orange und zitronengelb und neongrün. Schließlich kann er es sich auch nicht verkneifen, die Geschichte von der Gruppenausstellung zum Thema *Winterreise* zu erzählen. Rita, Mechthild und Antonia wirken gleichermaßen amüsiert und verstört. Manchmal geht Torben Leander mir extrem auf die Nerven.

„Du belauschst anderer Leute Gespräche?"

Simon steht auf einmal hinter mir, und ich drehe mich um.

„Du solltest dich lieber unter deine Gäste mischen, anstatt sie auszuspionieren", sagt er.

„Und was machst du?", frage ich ihn mit einem Lächeln, das wohl verrät, dass ich mich ertappt fühle.

„Ich habe mich in der Küche mit einem jungen Comedian unterhalten. Sehr nett. Sehr attraktiv."

„Ich weiß schon: Demian."

„Vor allem aber habe ich mich dem Buffet gewidmet."

„Dein Jannik wird in der Zwischenzeit von Tim Weber angebaggert. Aber er interessiert sich mehr für Camilla."

„Wer war noch Camilla?" Simon überlegt.

„Unsere Frau Mozart. Und Torben Leander hat deine drei Damen fest im Griff. Ich glaube, er versucht sie abzuwerben."

„So ein Schurke ..."

Wir lächeln uns kurz zu, lassen dann gemeinsam unsere Blicke durch den Raum schweifen und beobachten das Treiben. Frau Quecke hat sich mit der Gattin von Rüdiger Sturm in eine Ecke zurückgezogen. Jeweils mit einem Glas Sekt in der Hand flüstern sie einander zu, als würden sie sich gegenseitig ihre intimsten Geheimnisse verraten. Rüdiger Sturm hält Felix einen leidenschaftlichen Vortrag darüber, wie Ibsens Drama *Gespenster* heute inszeniert werden muss, damit es weiterhin einigermaßen zeitgemäß erscheint. Camilla erzählt Jannik von ihrer Arbeit an der Schauspielschule, berichtet vom szenischen Fechten und schildert den Unterschied zwischen Hiebfechten und Stechfechten, verrät, dass das Hiebfechten auf der Bühne bevorzugt wird, da es erstens sicherer ist und zweitens optisch eine größere Wirkung erzeugt. Tim Weber bemüht sich um die Aufmerksamkeit der beiden, indem er erwähnt, dass er sich nach seinem Reitunfall auch schon im Rollstuhlfechten versucht hat. Eine noch weitaus größere Herausforderung für Geist und Körper, wie er versichert. Und Torben Leander beschreibt Rita, Mechthild und Antonia gerade den Verlauf der Lesung von Richard Stunk, die hier im *Kulturwerk* zweimal hintereinander stattgefunden habe, wie er ihnen erklärt. Beide Veranstaltungen hätte er besucht, und die zweite – so verrät er - sei für den doch recht bekannten Autor in einem Fiasko geendet. Weil seine Fans durch ein kleines technisches Missgeschick erfahren hätten, wie er wirklich über sie denkt.

„Wo ist eigentlich Hannah?", frage ich Simon.

„Sie war eben noch mit ihrem jungen Engel in der Küche", antwortet er und fügt nach einer kurzen Pause hinzu: „Ich habe übrigens nochmal über das Angebot von dem Galeristen auf Sylt nachgedacht."

„Und hast du eine Entscheidung getroffen?"

„Habe ich. Ich werde keine Landschaften für ihn malen. Entweder akzeptiert er das, woran ich gerade arbeite. Oder es gibt keine Zusammenarbeit."

„Ich bin stolz auf dich."

In diesem Augenblick betreten Hannah und Manuel den Raum und kommen auf uns zu. Hannah strahlt, sieht entspannt und glücklich aus neben dem wirklich bildhübschen, jungen Engel.

„Na, zufrieden mit dem Verlauf des Abends?", fragt sie mich.

„Durchaus", antworte ich. „Und ihr scheint ihn auch zu genießen."

„Oh, ja ...!"

„Schön, dass du die Zeit gefunden hast, heute dabei zu sein", sage ich zu Manuel. In der Hoffnung, ein wenig mehr über sein Interesse an Hannah zu erfahren.

„Es passte gut", antwortet er. „Ich habe gerade ein paar Tage spielfrei."

„Manuel ist in Köln an einem Shakespeare-Projekt beteiligt", erklärt Hannah.

„*Othello*", fügt Manuel hinzu.

„Er sitzt zwischen den Schauspielern mit auf der Bühne und begleitet die Inszenierung auf seinem Cello."

„Und was spielst du?", hake ich nach.

„Ausschließlich Improvisationen", erklärt Manuel. „Ein spannendes Projekt. Ich bin über den Regisseur dazu gekommen, mit dem ich privat befreundet bin."

Simon fragt ihn, ob das Projekt denn nicht mit seinem Studium in New York kollidiert, und Manuel verneint. Der *Othello* wird nur noch bis zum Ende des Monats im Spielplan sein, und der Umzug nach New York ist erst Mitte des kommenden Monats geplant.

„Wirst du ihn sehr vermissen?", frage ich Hannah mit Blick auf Manuel, und in diesem Augenblick wird es stockdunkel. Ein Aufschrei geht durch den Raum.

„Vielleicht ein Kurzschluss", meint Hannah. „Wahrscheinlich ist eine Sicherung rausgesprungen."

Die Stimmung unter den Gästen kippt. Die fröhlich-entspannte Gelassenheit weicht einer nervösen Unruhe. Alle reden aufgeregt durcheinander, auf ein paar Mobiltelefonen werden die Taschenlampen eingeschaltet und erzeugen schmale Lichtkegel, die durch den Raum geistern. Ich taste mich hinüber in den Vorraum zum Sicherungskasten.

„Es muss ein allgemeiner Stromausfall sein", rufe ich kurz darauf in den Saal. „Die Sicherungen hier sind alle in Ordnung."

„Die Straßenbeleuchtung vor dem Haus ist auch ausgefallen", höre ich jemanden sagen.

„Leute, auf jeden Fall die Ruhe bewahren."

Ich taste mich wieder zurück in den Saal, streife in der Menge Schultern und Arme, die ich im Dunkeln nicht zuordnen kann, spüre fremden Atem, möchte zurück zu Simon und weiß nicht, wo er gerade steht.

„Hast du denn noch nicht mit ihm gesprochen?", höre ich plötzlich dicht neben mir die Stimme von Manuel. Und dann erklingt auf einmal das Klavier und übertönt alle Stimmen und Geräusche. Jemand hat sich offensichtlich an unseren Flügel gesetzt, spielt eine Melodie und beginnt dazu zu singen: *Well, we all shine on ... like the moon and the stars and the sun ...* Jemand anders stimmt mit ein und dann noch einer. *Well, we all shine on ... like the moon and the stars and the sun ...* Immer mehr Gäste im Raum beginnen mitzusingen und schalten auf den Mobiltelefonen ihre Taschenlampen ein. *Well, we all shine on ... everyone come on ...*

Ein paar Minuten später geht das Licht unvermittelt wieder an. Im ersten Moment ist es grell und blendet, Klavier und Gesang brechen abrupt ab. Erleichterung macht sich breit. Alle lachen und stimmen dann nach und nach zur Musik wieder ein. Simon steht direkt neben mir, und wir lächeln uns kurz zu. Hinter ihm erkenne ich Hannah und Manuel.

Als ich am nächsten Vormittag ein bisschen später als sonst ins Büro komme, sitzt Hannah schon an ihrem Schreibtisch und blättert in unserer Lokalzeitung.

„Na? Lohnt sich die Lektüre?", frage ich und schaue ihr über die Schulter, um selbst einen Blick in die neuesten Nachrichten zu werfen.

„Die haben nun doch etwas über unser Fest geschrieben", sagt Hannah.

„Dann hat es sich Frau Quecke wohl nochmal anders überlegt."

„Aufhänger ist allerdings nicht unser Jubiläum, sondern der Stromausfall. Es war wohl ein Defekt im Umspannwerk."

„Dann wissen wir jetzt, wie wir zukünftig zu einer Schlagzeile kommen."

„So?"

„Wir schalten einfach den Strom ab."

„Sie schreibt auch wieder vom Kindergeburtstag." Hannah wirft mir die zusammengefaltete Zeitung achtlos auf den Schreibtisch.

„Ich möchte mich heute nicht ärgern", erkläre ich und greife trotzdem nach dem Blatt.

„Ach, weißt du, ich bin es manchmal echt leid. Vor allem was die hiesige Presse betrifft. Man kann echt machen, was man will. Immer wieder läuft man gegen die Wand."

„Hatten wir gestern nicht ein schönes Fest? Selbst der Stromausfall hat die gute Laune unserer Gäste nicht getrübt."

Hannah scheint mir nicht mehr zuzuhören. Sie starrt völlig abwesend auf den Monitor ihres PC.

„Ist Manuel heute Morgen eigentlich schon abgereist?", frage ich sie.

„Nein, er fährt übermorgen zurück nach Köln."

„Ihr versteht euch gut, oder?"

„Ja, sehr gut. Und darüber wollte ich sowieso mit dir reden."

„Aha." Die Zeitung landet wieder auf dem Schreibtisch.

„Ich habe mich entschlossen, mit ihm zusammen nach New York zu gehen."

Warum überrascht mich Hannahs Entschluss überhaupt nicht? Dabei habe ich nie konkret daran gedacht, dass es dazu kommen könnte. Ich habe es einfach verdrängt.

„Weißt du, wir beide haben immer davon geträumt, zusammen ein Kulturhaus zu leiten. Schon damals, als wir während des Studiums für unsere Reportagen unterwegs waren. Aber es war eben ein Traum. Ich habe dann irgendwann meine Werbeagentur aufgebaut, und du hattest deine Arbeit in der Redaktion des Architektur-Magazins. Das war in Ordnung so. Doch als Ulli sich von mir getrennt hat und bei dir zur gleichen Zeit die Sache mit der Erbschaft passiert ist, da dachte ich, das wäre der Moment, den Traum wahr werden zu lassen."

„Das habe ich auch gedacht. Und ich denke immer noch, dass es die richtige Entscheidung war."

„Ich weiß nicht. Vielleicht war es in dem Moment auch eher ein Anflug von Nostalgie."

„Du wolltest doch auch raus aus der Tretmühle."

„Aber ich habe inzwischen erkannt, dass eine Kleinstadt nicht das Richtige für mich ist. New York reizt mich. Ebenso wie die Vorstellung, Manuel an meiner Seite zu haben."

„Und was willst du machen in New York? Genügt es dir, die Freundin eines jungen, begabten Cellisten zu sein?"

„Er wird auf Dauer eine Managerin brauchen."

Wir blicken uns an, und in diesem Moment ist es, als würde ich all unsere gemeinsamen Erlebnisse im Zeitraffer noch einmal durchlaufen.

„Mein Geld bleibt natürlich im *Kulturwerk*. Du musst mich nicht auszahlen. Aber ich will wieder in die große weite Welt."

Natürlich machen mich ihre Worte ein wenig traurig, aber im selben Moment denke ich: So der so werde ich weitermachen. Ich freue mich wahnsinnig auf die nächsten Veranstaltungen. Da ist in der kommenden Woche der Edith-Piaf-Abend mit einer Sängerin, die sich nicht nur optisch, sondern auch stimmlich mit dem gefeierten Spatz von Paris durchaus messen kann. Der Akkordeonist, der sie begleitet, war schon öfter bei uns zu Gast, und ist ein Virtuose auf seinem Instrument. Dann haben wir eine Inszenierung von Goldonis *Diener zweier Herren* auf dem Spielplan. Die Schauspieler verwenden sogenannte Kaukautzkys: Puppen ohne Kopf, die sie sich um den Hals hängen. So sieht es aus, als hätten sie nur einen ganz kleinen Körper, was ihr Spiel ziemlich grotesk macht. Schließlich erwarten wir eine Pianistin aus München, die einen Abend ausschließlich mit Stücken von Komponistinnen gestaltet. Ja, und bald muss ich mir auch schon wieder Gedanken über ein möglichst originelles Thema für die jährliche Gruppenausstellung machen. Ich könnte das alles nicht aufgeben. Es ist wunderbar, seinen Traum zu leben.

# EPILOG

„Wie es Hannah wohl jetzt geht ...?"

„Wir haben verabredet, dass ich sie anrufe, wenn wir wieder zuhause sind."

Ich sitze mit Simon in einem Café in den Arkaden des Praça do Comércio in Lissabon. Wir haben unseren Vorsatz, ein paar Tage Urlaub zu machen, endlich in die Tat umgesetzt und blicken, umrahmt von prächtigen Palästen, bei einem Glas Weißwein ganz entspannt auf den Tejo. Der Himmel ist azurblau, und die Sonne scheint.

„Ich liebe diesen Platz", sagt Simon. „Er strahlt so eine Ruhe aus, obwohl er voller Geschäftsleute und Touristen ist, die alle unermüdlich hin und her hasten."

„Das ist diese unendliche Weite, in der sich alles verliert", sage ich.

Der Kellner bringt uns den gegrillten Loup de Mer, den wir bestellt haben.

„Meinst du eigentlich, du schaffst die Arbeit im *Kulturwerk* auf Dauer allein?", fragt Simon unvermittelt.

„Ich denke schon."

„Gib mir einfach ein Zeichen, wenn du Hilfe brauchst. Ich bin ja da."

Seltsam. Ich habe immer geglaubt, Hannah wäre längst angekommen in der kleinen Stadt, die wir uns für unser Vorhaben ausgesucht hatten. Ich habe mir nie Gedanken darüber gemacht, dass sie ihre Entscheidung bereut haben könnte. Was Simon betrifft, waren bei mir hingegen immer Zweifel da. Ich befürchtete, er könnte mich verlassen, weil er es in der Enge der Kleinstadt auf Dauer nicht aushalten würde. Und nun ist es genau umgekehrt.

„Schau mal die beiden alten Männer dort hinten", höre ich Simon plötzlich sagen. Er nickt in Richtung zweier sommerlich elegant gekleideter Herren, die sicher schon jenseits der Achtzig sind. Sie sitzen ein paar Tische von uns entfernt bei einem Aperitif mit einer Schale Oliven und blicken erfüllt und völlig gelassen auf das in der Sonne glitzernde Wasser.

„Meinst du, sie sind ein Paar?", überlegt Simon.

„Sieht so aus."

„Wer weiß? In dreißig Jahren sitzen wir vielleicht dort und gucken genauso glücklich und zufrieden auf den Tejo."

„Ja", sage ich.

Oder wo auch immer wir dann zuhause sein werden.

Wolf Eismann

# Mozarts Gans

Roman; Paperback; 164 Seiten; ISBN: 978-3-7557-7302-3
Verlag: Books on Demand; 8,00 €

Nach dem Besuch einer Aufführung von Mozarts
*Don Giovanni* lernen der Erzähler und sein Freund Flo-
rian in einer Bar den gleichaltrigen Konstantin kennen.
Der Student der Musikwissenschaften erzählt von einem unbekannten Opernfragment Mozarts: *L'Oca del
Cairo – Die Gans von Kairo*. Highlight ist laut Libretto
der Auftritt einer großen mechanischen Gans. Aus
einer Laune heraus beschließt das in der Theaterarbeit
unerfahrene Trio, das Opernfragment auf die Bühne zu
bringen.

Der Roman erzählt von der *Gans von Kairo* auf zwei
Ebenen: die Geschichte von der Suche Mozarts nach
einem neuen Opernlibretto und die Geschichte von der
Wiederentdeckung des letztlich von Mozart wütend
hinterlassenen Fragments.